U0920132

古典名著白文本

搜神记

[东晋]干宝 撰

钱振民 点校

CNS 岳麓書社·长沙

图书在版编目(CIP)数据

搜神记/(东晋)干宝撰. —长沙:岳麓书社,2015.2(2022.10 重印)

ISBN 978-7-5538-0322-7

Ⅰ.①搜… Ⅱ.①干… Ⅲ.①笔记小说—小说集—中国—东晋时代 Ⅳ.①I242.1

中国版本图书馆 CIP 数据核字(2014)第 306949 号

SOUSHENJI

搜神记

撰　　者　[东晋]干　宝

责任编辑　彭卫才

责任校对　舒　舍

封面设计　刘　峰

岳麓书社出版发行

地址:湖南省长沙市爱民路 47 号

直销电话:0731-88804152　0731-88885616

邮编:410006

版次:2015 年 2 月第 1 版

印次:2022 年 10 月第 3 次印刷

开本:890mm×1240mm　1/32

印张:6.625

字数:166 千字

印数:10 001—13 000

ISBN 978-7-5538-0322-7

定价:29.80 元

承印:廊坊市博林印务有限公司

如有印装质量问题,请与本社印务部联系

电话:0731-88884129

出版说明

《搜神记》为东晋初年史学家干宝（？—336年）编撰，是一部记录古代民间传说中神奇怪异故事的小说集，大部分故事带有迷信成分，但在一定程度上反映了古代人民的思想感情，它是集我国古代神话传说之大成的著作，开创了我国古代神话小说的先河。全书凡二十卷，共有大小故事454个。所叙多为神灵怪异之事，也有不少民间传说和神话故事，主角有鬼，也有妖怪和神仙，杂糅佛道。文章设想奇幻，极富浪漫主义色彩。为后世保留了不少珍贵的材料，是我们研究中国古代民间传说及神话不可多得的收藏珍本。

20世纪80年代以来，我社以打造经典为己任，力倡“花最少的钱买最好的书”。此次出版的《搜神记》以明末《津逮秘书》为底本，以《学津讨原》本参校，亦酌取汪绍楹先生校注本之长，对原有文字勘误校正。为便于翻检，新编“主题索引”以代目录，力求“原汁原味”地满足广大读者的需要。

主题索引(代目录)

卷二

卷三

卷四

卷五

卷六

卷七

卷八

卷九

卷十

卷十一

卷十二

卷十三

卷十四

卷十五

卷十六

卷十七

卷十八

卷二十

搜神记序①

晋干宝撰

虽考先志于载籍，收遗逸于当时，盖非一耳一目之所亲闻睹也，又安敢谓无失实者哉！卫朔失国，二传互其所闻；吕望事周，子长存其两说，若此比类，往往有焉。从此观之，闻见之难一，由来尚矣。夫书赴告之定辞，据国史之方策，犹尚若兹，况仰述千载之前，记殊俗之表，缀片言于残阙，访行事于故老，将使事不二迹，言无异途，然后为信者，固亦前史之所病。然而国家不废注记之官，学士不绝诵览之业，岂不以其所失者小、所存者大乎？今之所集，设有承于前载者，则非余之罪也。若使采访近世之事，苟有虚错，愿与先贤前儒分其讥谤。及其著述，亦足以发明神道之不诬也。群言百家，不可胜览，耳目所受，不可胜载。今粗取足以演八略之旨，成其微说而已。幸将来好事之士录其根体，有以游心寓目而无尤焉。

---

① 《津逮秘书》本无此序，《学津讨原》本有，当据《晋书·干宝传》补。

卷　一

一

神农以赭鞭鞭百草，尽知其平毒寒温之性，臭味所主，以播百谷，故天下号神农也。

二

赤松子者，神农时雨师也。服冰玉散，以教神农，能入火不烧。至昆仑山，常入西王母石室中，随风雨上下。炎帝少女追之，亦得仙，俱去。至高辛时，复为雨师，游人间。今之雨师本是焉。

三

赤将子舆者，黄帝时人也。不食五谷，而啖百草华。至尧时，为木工，能随风雨上下。时于市门中卖缴，故亦谓之缴父。

四

宁封子，黄帝时人也，世传为黄帝陶正。有异人过之，为其掌火，能出五色烟，久则以教封子。封子积火自烧，而随烟气上下。视其灰烬，犹有其骨。时人共葬之宁北山中，故谓之宁封子。

五

偓佺者，槐山采药父也。好食松实，形体生毛，长七寸，两目更方，能飞行逐走马。以松子遗尧，尧不暇服。松者，简松也。时受服者，皆三百岁。

六

彭祖者，殷时大夫也，姓钱，名铿，帝颛顼之孙，陆终氏之中子。历夏而至商末，号七百岁。常食桂芝。历阳有彭祖仙室，前世云祷请风雨，莫不辄应；常有两虎，在祠左右。今日祠之讫，地则有两虎迹。

七

师门者，啸父弟子也。能使火，食桃葩，为孔甲龙师。孔甲不能修其心意，杀而埋之外野。一旦，风雨迎之，山木皆燔。孔甲祠而祷之，未还而死。

八

前周葛由，蜀羌人也。周成王时，好刻木作羊卖之。一旦，乘木羊入蜀中。蜀中王侯贵人追之，上绥山。绥山多桃，在峨眉山西南，高无极也。随之者不复还，皆得仙道。故里谚曰：“得绥山一桃，虽不能仙，亦足以豪。”山下立祠数十处。

九

崔文子者，泰山人也。学仙于王子乔。子乔化为白蜺，而持药与文子。文子惊怪，引戈击蜺，中之，因堕其药。俯而视之，王子乔之尸也。置之室中，覆以敝筐。须臾，化为大鸟。开而视之，翻然飞去。

十

冠先，宋人也。钓鱼为业，居睢水旁百馀年。得鱼，或放，或卖，或自食之。常冠带。好种荔，食其葩实焉。宋景公问其道，不告，即杀之。后数十年，踞宋城门上，鼓琴，数十日乃去。宋人家家奉祠之。

十一

琴高，赵人也。能鼓琴，为宋康王舍人。行涓、彭之术，浮游冀州涿郡间二百馀年。后辞入涿水中取龙子，与诸弟子期之曰：“明日皆洁斋，候于水旁，设祠屋。”果乘赤鲤鱼出，来坐祠中，且有万人观之。留一月，乃复入水去。

十二

陶安公者，六安铸冶师也。数行火，火一朝散上，紫色冲天，公伏冶下求哀。须臾，朱雀止冶上，曰："安公安公，冶与天通。七月七日，迎汝以赤龙。"至时，安公骑之，从东南去。城邑数万人，豫祖安送之，皆辞诀。

十三

有人入焦山七年，老君与之木钻，使穿一盘石，石厚五尺。曰："此石穿，当得道。"积四十年，石穿，遂得神仙丹诀。

十四

鲁少千者，山阳人也。汉文帝尝微服怀金过之，欲问其道。少千拄金杖，执象牙扇，出应门。

十五

淮南王安好道术，设厨宰以候宾客。正月上午，有八老公诣门求见。门吏白王，王使吏自以意难之。曰："吾王好长生，先生无驻衰之术，未敢以闻。"公知不见，乃更形为八童子，色如桃花。王便见之，盛礼设乐，以享八公，援琴而弦歌曰："明明上天，照四海兮。知我好道，公来下兮。公将与余，生羽毛兮。升腾青云，蹈梁甫兮。观见三光，遇北斗兮。驱乘风云，使玉女兮。”今所谓《淮南操》是也。

十六

刘根，字君安，京兆长安人也。汉成帝时，入嵩山学道，遇异人，授以秘诀，遂得仙。能召鬼。颍川太守史祈以为妖，遣人召根，欲戮之。至府，语曰：“君能使人见鬼，可使形见，不者加戮!”根曰：“甚易。借府君前笔砚书符。”因以叩几。须臾，忽见五六鬼，缚二囚于祈前。祈熟视，乃父母也。向根叩头曰：“小儿无状，分当万死。”叱祈曰：“汝子孙不能光荣先祖，何得罪神仙，乃累亲如此!”祈哀惊悲泣，顿首请罪。根默然忽去，不知所之。

十七

汉明帝时，尚书郎河东王乔为邺令。乔有神术，每月朔，尝自县诣台。帝怪其来数而不见车骑，密令太史候望之。言其临至，辄有双凫从东南飞来。因伏伺，见凫，举罗张之，但得一双舄。使尚（书）〔方〕识视，四年中所赐尚书官属履也。

十八

蓟子训，不知所从来。东汉时到洛阳，见公卿数十处，皆持斗酒片脯候之，曰：“远来无所有，示致微意。”坐上数百人，饮啖终日不尽。去后皆见白云起，从旦至暮。时有百岁公说：“小儿时，见训卖药会稽市，颜色如此。”训不乐住洛，遂遁去。正始中，有人于长安东霸城，见与一老公共摩娑铜人，相谓曰：“适见铸此，已近五百岁矣。”见者呼之曰：“蓟先生小住。”并行应之，视若迟徐，而走马不及。

十九

汉阴生者，长安渭桥下乞小儿也。常于市中丐，市中厌苦，以粪洒之。旋复在市中乞，衣不见污如故。长吏知之，械收系，著桎梏，而续在市乞。又械欲杀之，乃去。洒之者家，屋室自坏，杀十数人。长安中谣言曰：“见乞儿，与美酒，以免破屋之咎。”

二十

谷城乡平常生，不知何所人也。数死而复生，时人为不然。后大水出，所害非一。而平辄在缺门山上大呼，言“平常生在此”云。复雨，水五日必止。止则上山求祠之，但见平衣杖革带。后数十年，复为华阴市门卒。

二十一

左慈，字元放，庐江人也。少有神通，尝在曹公座。公笑顾众宾曰：“今日高会，珍羞略备。所少者，吴松江鲈鱼为脍。”放云：“此易得耳。”因求铜盘，贮水，以竹竿饵钓于盘中。须臾，引一鲈鱼出。公大拊掌，会者皆惊。公曰：“一鱼不周坐客，得两为佳。”放乃复饵钓之。须臾，引出，皆三尺馀，生鲜可爱。公便自前脍之，周赐座席。公曰：“今既得鲈，恨无蜀中生姜耳。”放曰：“亦可得也。”公恐其近道买，因曰：“吾昔使人至蜀买锦，可敕人告吾使，使增市二端。”人去，须臾还，得生姜。又云：“于锦肆下见公使，已敕增市二端。”后经岁馀，公使还，果增二端。问之，云：“昔某月某日，见人于肆下，以公敕敕之。”

后公出近郊，士人从者百数。放乃赍酒一罂，脯一片，手自倾罂，行酒百官，百官莫不醉饱。公怪，使寻其故。行视沽酒家，昨悉亡其酒脯矣。公怒，阴欲杀放。放在公座，将收之，却入壁中，霍然不见。乃募取之。或见于市，欲捕之，而市人皆放同形，莫知谁是。

后人遇放于阳城山头，因复逐之，遂走入羊群。公知不可得，乃令就羊中告之曰：“曹公不复相杀，本试君术耳。今既验，但欲与相见。”忽有一老羝，屈前两膝，人立而言曰：“遽如许。”人即云：“此羊是。”竞往赴之，而群羊数百，皆变为羝，并屈前膝人立云：“遽如许。”于是遂莫知所取焉。

老子曰：“吾之所以为大患者，以吾有身也。及吾无身，吾有何患哉?”若老子之俦，可谓能无身矣，岂不远哉也!

二十二

孙策欲渡江袭许，与于吉俱行。时大旱，所在熇厉。策催诸将士，使速引船。或身自早出督切，见将吏多在吉许。策因此激怒，言：“我为不如吉耶？而先趋附之!”便使收吉。至，呵问之曰：“天旱不雨，道路艰涩，不时得过，故自早出。而卿不同忧戚，安坐船中，作鬼物态，败吾部伍。今当相除。”令人缚置地上，暴之，使请雨。若能感天日中雨者，当原赦；不尔，行诛。俄而云气上蒸，肤寸而合。比至日中，大雨总至，溪涧盈溢。将士喜悦，以为吉必见原，并往庆慰。策遂杀之。将士哀惜，藏其尸。天夜，忽更兴云覆之。明旦往视，不知所在。

策既杀吉，每独坐，仿佛见吉在左右。意深恶之，颇有失常。后治疮方差，而引镜自照，见吉在镜中，顾而弗见。如是再三，扑镜大叫，疮皆崩裂，须臾而死。

二十三

介琰者，不知何许人也。住建安方山，从其师白羊公。杜受玄一无为之道，能变化隐形。尝往来东海，暂过秣陵，与吴主相闻。吴主留琰，乃为琰架宫庙。一日之中，数遣人往问起居。琰或为童子，或为老翁，无所食啖，不受饷遗。吴主欲学其术，琰以吴主多内御，积月不教。吴主怒，敕缚琰，着甲士引弩射之。弩发，而绳缚犹存，不知琰之所之。

二十四

吴时有徐光者，尝行术于市里。从人乞瓜，其主勿与，便从索瓣，杖地种之。俄而瓜生蔓延，生花成实，乃取食之，因赐观者。鬻者反视所出卖，皆亡耗矣。凡言水旱，甚验。过大将军孙綝门，褰衣而趋，左右唾践。或问其故，答曰：“流血臭腥，不可耐。”綝闻，恶而杀之。斩其首，无血。及綝废幼帝，更立景帝，将拜陵，上车，有大风荡綝车，车为之倾。见光在松树上，拊手指挥，嗤笑之。綝问侍从，皆无见者。俄而景帝诛綝。

二十五

葛玄，字孝先，从左元放受《九丹〔金〕液仙经》。与客对食，言及变化之事，客曰："事毕，先生作一事特戏者。"玄曰："君得无即欲有所见乎？"乃嗽口中饭，尽变大蜂数百，皆集客身，亦不螫人。久之，玄乃张口，蜂皆飞入。玄嚼食之，是故饭也。又指虾蟆及诸行虫燕雀之属使舞，应节如人。冬为客设生瓜枣，夏致冰雪。又以数十钱，使人散投井中，玄以一器于井上呼之，钱一一飞从井出。为客设酒，无人传杯，杯自至前，如或不尽，杯不去也。

尝与吴主坐楼上，见作请雨土人。帝曰："百姓思雨，宁可得乎？"玄曰："雨易得耳。"乃书符着社中。顷刻间，天地晦冥，大雨流淹。帝曰："水中有鱼乎？"玄复书符掷水中。须臾，有大鱼数百头。使人治之。

二十六

吴猛，濮阳人。仕吴，为西安令，因家分宁。性至孝。遇至人丁义，授以神方。又得秘法神符，道术大行。尝见大风，书符掷屋上，有青乌衔去，风即止。或问其故，曰："南湖有舟，遇此风，道士求救。"验之果然。西安令干庆，死已三日，猛曰："数未尽，当诉之于天。"遂卧尸旁。数日，与令俱起。后将弟子回豫章，江水大急，人不得渡。猛乃以手中白羽扇画江水，横流，遂成陆路，徐行而过。过讫，水复，观者骇异。尝守浔阳，参军周家有狂风暴起，猛即书符掷屋上，须臾风静。

二十七

园客者，济阴人也。貌美，邑人多欲妻之，客终不娶。尝种五色香草，积数十年，服食其实。忽有五色神蛾止香草之上，客收而荐之以布，生桑蚕焉。至蚕时，有神女夜至，助客养蚕，亦以香草食蚕。得茧百二十头，大如瓮，每一茧缲六七日乃尽。缲讫，女与客俱仙去，莫知所如。

二十八

汉董永，千乘人。少偏孤，与父居，肆力田亩，鹿车载自随。父亡，无以葬，乃自卖为奴，以供丧事。主人知其贤，与钱一万，遣之。永行三年丧毕，欲还主人，供其奴职。道逢一妇人曰："愿为子妻。"遂与之俱。主人谓永曰："以钱与君矣。"永曰："蒙君之惠，父丧收藏。永虽小人，必欲服勤致力，以报厚德。"主曰："妇人何能?"永曰："能织。"主曰："必尔者，但令君妇为我织缣百匹。"于是永妻为主人家织，十日而毕。女出门，谓永曰："我，天之织女也。缘君至孝，天帝令我助君偿债耳。"语毕，凌空而去，不知所在。

二十九

初，钩弋夫人有罪，以谴死。既殡，尸不臭，而香闻十馀里，因葬云陵。上哀悼之，又疑其非常人，乃发冢开视。棺空无尸，惟双履存。一云昭帝即位，改葬之，棺空无尸，独丝履存焉。

三　十

汉时有杜兰香者，自称南康人氏。以建（业）〔兴〕四年春，数诣张传。传年十七。望见其车在门外，婢通言："阿母所生，遣授配君，可不敬从！"传先名改硕。硕呼女前视，可十六七，说事邈然久远。有婢子二人：大者萱支，小者松支。钿车青牛，上饮食皆备。作诗曰："阿母处灵岳，时游云霄际。众女侍羽仪，不出墉宫外。飘轮送我来，岂复耻尘秽？从我与福俱，嫌我与祸会。"至其年八月旦，复来，作诗曰："逍遥云汉间，呼吸发九嶷。流汝不稽路，弱水何不之？"出薯蓣子三枚，大如鸡子，云："食此，令君不畏风波，辟寒温。"硕食二枚，欲留一。不肯，令硕食尽。言："本为君作妻，情无旷远。以年命未合，其小乖。太岁东方卯，当还求君。"兰香降时，硕问："祷祀何如？"香曰："消魔自可愈疾，淫祀无益。"香以药为消魔。

三十一

魏济北郡从事掾弦超，字义起。以嘉平中夜独宿，梦有神女来从之。自称天上玉女，东郡人，姓成公，字知琼；早失父母，天帝哀其孤苦，遣令下嫁从夫。超当其梦也，精爽感悟，嘉其美异，非常人之容。觉寤钦想，若存若亡，如此三四夕。

一旦，显然来游，驾辎軿车，从八婢，服绫罗绮绣之衣，姿颜容体，状若飞仙。自言年七十，视之如十五六女。车上有壶、榼、青白琉璃五具。饮啖奇异，馔具醴酒，与超共饮食。谓超曰：“我，天上玉女。见遣下嫁，故来从君。不谓君德，宿时感运，宜为夫妇。不能有益，亦不能为损。然往来常可得驾轻车，乘肥马，饮食常可得远味异膳，缯素常可得充用不乏。然我神人，不为君生子，亦无妒忌之性，不害君婚姻之义。”遂为夫妇。赠诗一篇，其文曰：“飘〔飖〕浮勃逢，敖曹云石滋。芝（一）英不须润，至德与时期。神仙岂虚感？应运来相之。纳我荣五族，逆我致祸灾。”此其诗之大较。其文二百馀言，不能悉录。兼注《易》七卷，有卦有象，以象为属。故其文言，既有义理，又可以占吉凶，犹扬子之《太玄》，薛氏之《中经》也。超皆能通其旨意，用之占候。

作夫妇经七八年，父母为超娶妇之后，分日而燕，分夕而寝，夜来晨去，倏忽若飞，唯超见之，他人不见。虽居暗室，辄闻人声，常见踪迹，然不睹其形。后人怪问，漏泄其事。玉女遂求去，云：“我，神人也。虽与君交，不愿人知。而君性疏漏，我今本末已露，不复与君通接。积年交结，恩义不轻，一旦分别，岂不怆恨？势不得不尔，各自努力！”又呼侍御，下酒饮啖。发簏，取织成裙衫两副遗超，又赠诗一首。把臂告辞，涕泣流离，肃然升车，去若飞迅。超忧感积日，殆至委顿。

去后五年，超奉郡使至洛，到济北鱼山下陌上，西行遥望，曲道头有一车马，似知琼。驱驰前至，果是也。遂披帷相见，悲喜交切。控左援绥，同乘至洛，遂为室家，克复旧好。至太康中犹在，但不日日往来，每于三月三日、五月五日、七月七日、九月九日、旦、十五日，辄下往来，经宿而去。张茂先为之作《神女赋》。

卷　二

一

寿光侯者，汉章帝时人也。能劾百鬼众魅，令自缚见形。其乡人有妇为魅所病，侯为劾之，得大蛇数丈，死于门外，妇因以安。又有大树，树有精，人止其下者死，鸟过之亦坠。侯劾之，树盛夏枯落，有大蛇长七八丈，悬死树间。章帝闻之，征问，对曰："有之。"帝曰："殿下有怪，夜半后常有数人，绛衣披发，持火相随，岂能劾之?"侯曰："此小怪，易消耳。"帝伪使三人为之。侯乃设法，三人登时仆地无气。帝惊曰："非魅也，朕相试耳!"即使解之。

或云：汉武帝时，殿下有怪，常见朱衣披发相随，持烛而走。帝谓刘凭曰："卿可除此否?"凭曰："可。"乃以青符掷之，见数鬼倾地。帝惊曰："以相试耳!"解之而苏。

二

樊英隐于壶山，尝有暴风从西南起，英谓学者曰："成都市火甚盛。"因含水嗽之，乃命记其时日。后有从蜀来者云："是日大火，有云从东起，须臾大雨，火遂灭。"

三

闽中有徐登者，女子化为丈夫，与东阳赵昺，并善方术。时遭兵乱，相遇于溪，各矜其所能。登先禁溪水为不流，昺次禁杨柳为生稊。二人相视而笑。登年长，昺师事之。后登身故，昺东入长安，百姓未知。昺乃升茅屋，据鼎而爨。主人惊怪，昺笑而不应，屋亦不损。

四

赵昺尝临水求渡，船人不许。昺乃张帷盖，坐其中，长啸呼风，乱流而济。于是百姓敬服，从者如归。长安令恶其惑众，收杀之。民为立祠于永康，至今蚊蚋不能入。

五

徐登、赵昺，贵尚清俭，祀神以东流水，削桑皮以为脯。

六

陈节访诸神，东海君以织成青襦一领遗之。

七

宣城边洪为广阳领校，母丧归家，韩友往投之。时日已暮，出告从者：“速装束，吾当夜去。”从者曰：“今日已暝，数十里草行，何急复去?”友曰：“此间血覆地，宁可复住?”苦留之，不得。其夜，洪欻发狂，绞杀两子，并杀妇；又斫父婢二人，皆被创；因走亡。数日，乃于宅前林中得之，已自经死。

八

鞠道龙善为幻术。尝云：“东海人黄公，善为幻，制蛇御虎，常佩赤金刀。及衰老，饮酒过度。秦末，有白虎见于东海，诏遣黄公以赤刀往厌之。术既不行，遂为虎所杀。”

九

谢纠尝食客，以朱书符投井中，有一双鲤鱼跳出。即命作脍，一坐皆得遍。

十

晋永嘉中，有天竺胡人来渡江南。其人有数术，能断舌复续、吐火，所在人士聚观。将断时，先以舌吐示宾客。然后刀截，血流覆地。乃取置器中，传以示人。视之，舌头半舌犹在。既而还，取含续之。坐有顷，坐人见舌则如故，不知其实断否。其续断，取绢布，与人各执一头，对剪，中断之。已而取两断合视，绢布还连续，无异故体。时人多疑以为幻，阴乃试之，真断绢也。其吐火，先有药在器中，取火一片，与黍糖合之，再三吹呼，已而张口，火满口中，因就爇取以炊，则火也。又取书纸及绳缕之属投火中，众共视之，见其烧爇了尽，乃拨灰中，举而出之，故向物也。

十一

扶南王范寻养虎于山，有犯罪者，投于虎，不噬，乃宥之。故山名大虫，亦名大灵。又养鳄鱼十头，若犯罪者投与鳄鱼，不噬，乃赦之。无罪者皆不噬，故有鳄鱼池。又尝煮水令沸，以金指环投汤中，然后以手探汤。其直者，手不烂；有罪者，入汤即焦。

十二

戚夫人侍儿贾佩兰，后出为扶风人段儒妻。说在宫内时，尝以弦管歌舞相欢娱，竞为妖服，以趋良时。十月十五日，共入灵女庙，以豚黍乐神，吹笛击筑，歌《上灵之曲》。既而相与连臂，踏地为节，歌《赤凤皇来》。乃巫俗也。至七月七日，临百子池，作于阗乐。乐毕，以五色缕相羁，谓之相连绶。八月四日，出雕房北户竹下围棋，胜者终年有福，负者终年疾病，取丝缕，就北辰星求长命，乃免。九月，佩茱萸，食蓬饵，饮菊花酒，令人长命。菊花舒时，并采茎叶，杂黍米酿之，至来年九月九日始熟，就饮焉，故谓之菊花酒。正月上辰，出池边盥濯，食蓬饵，以祓妖邪。三月上巳，张乐于流水。如此终岁焉。

十三

汉武帝时幸李夫人，夫人卒后，帝思念不已，方士齐人李少翁言能致其神。乃夜施帷帐，明灯烛，而令帝居他帐，遥望之。见美女居帐中，如李夫人之状，还幄坐而步，又不得就视，帝愈益悲感，为作诗曰："是耶？非耶？立而望之，偏娜娜，何冉冉其来迟！"令乐府诸音家弦歌之。

十四

汉北海营陵有道人，能令人与已死人相见。其同郡人妇死已数年，闻而往见之，曰："愿令我一见亡妇，死不恨矣！"道人曰："卿可往见之。若闻鼓声，即出勿留。"乃语其相见之术。俄而得见之。于是与妇言语，悲喜恩情如生。良久，闻鼓声，（恨恨）〔悢悢〕不能得住。当出户时，忽掩其衣裾户间，掣绝而去。至后岁馀，此人身亡。家葬之，开冢，见妇棺盖下有衣裾。

十五

吴孙休有疾，求觋视者，得一人，欲试之。乃杀鹅而埋于苑中，架小屋，施床几，以妇人屐履服物着其上，使觋视之，告曰：

“若能说此冢中鬼妇人形状者，当加厚赏，而即信矣。”竟日无言。帝推问之急，乃曰：“实不见有鬼，但见一白头鹅立墓上。所以不即白之，疑是鬼神变化作此相，当候其真形，而定不复移易，不知何故。敢以实上。”

十六

吴孙峻杀朱主，埋于石子冈。归命即位，将欲改葬之。冢墓相亚，不可识别，而宫人颇识主亡时所着衣服。乃使两巫各住一处，以伺其灵，使察鉴之，不得相近。久时，二人俱白：“见一女人，年可三十馀，上着青锦束头，紫白袷裳，丹绨丝履，从石子冈上。半冈而以手抑膝，长太息。小住须臾，更进一冢上便止，徘徊良久，奄然不见。”二人之言，不谋而合。于是开冢，衣服如之。

十七

夏侯弘自云见鬼，与其言语。镇西谢尚所乘马忽死，忧恼甚至。谢曰：“卿若能令此马生者，卿真为见鬼也。”弘去，良久还，曰：“庙神乐君马，故取之。今当活。”尚对死马坐。须臾，马忽自门外走还，至马尸间便灭，应时能动，起行。谢曰：“我无嗣，是我一身之罚。”弘经时无所告。曰：“顷所见，小鬼耳，必不能辨此源由。”

后忽逢一鬼，乘新车，从十许人，着青丝布袍。弘前提牛鼻，车中人谓弘曰："何以见阻?"弘曰："欲有所问。镇西将军谢尚无儿，此君风流令望，不可使之绝祀。"车中人动容曰："君所道，正是仆儿。年少时，与家中婢通，誓约不再婚而违约。今此婢死，在天诉之，是故无儿。"弘具以告。谢曰："吾少时诚有此事。"

弘于江陵见一大鬼，提矛戟，有随从小鬼数人。弘畏惧，下路避之。大鬼过后，捉得一小鬼，问："此何物?"曰："杀人以此矛戟。若中心腹者，无不辄死。"弘曰："治此病有方否?"鬼曰："以乌鸡薄之即差。"弘曰："今欲何行?"鬼曰："当至荆、扬二州。"尔时比日行心腹病，无有不死者。弘乃教人杀乌鸡以薄之，十不失八九。今治中恶，辄用乌鸡薄之者，弘之由也。

卷　三

一

汉永平中，会稽钟离意，字子阿，为鲁相。到官，出私钱万三千文，付户曹孔䜣修夫子车。身入庙，拭几席剑履。男子张伯，除堂下草，土中得玉璧七枚。伯怀其一，以六枚白意，意令主簿安置几前。孔子教授堂下床首有悬瓮，意召孔䜣，问："此何瓮也?"对曰："夫子瓮也。背有丹书，人莫敢发也。"意曰："夫子圣人，所以遗瓮，欲以悬示后贤。"因发之，中得素书，文曰："后世修吾书，董仲舒。护吾车，拭吾履，发吾笥，会稽钟离意。璧有七，张伯藏其一。"意即召问："璧有七，何藏一耶?"伯叩头出之。

二

段（医）〔翳〕，字元章，广汉新都人也。习《易经》，明风角。有一生来学积年，自谓略究要术，辞归乡里。医为合膏药，并以简书封于筒中，告生曰："有急，发视之。"生到葭萌，与吏争度，津吏挝破从者头。生开筒得书，言："到葭萌，与吏斗，头破者，以此膏裹之。"生用其言，创者即愈。

三

右扶风臧仲英，为侍御史。家人作食设案，有不清尘土投污之。炊临熟，不知釜处，兵弩自行。火从箧簏中起，衣物尽烧，而箧簏故完。妇女婢使，一旦尽失其镜，数日，从堂下掷庭中，有人声言："还汝镜。"女孙年三四岁，亡之，求不知处，两三日，乃于圊中粪下啼。若此非一。汝南许季山者，素善卜卦，卜之曰："家当有老青狗物，内中侍御者名益喜，与共为之。诚欲绝，杀此狗，遣益喜归乡里。"仲英从之，怪遂绝。后徙为太尉长史，迁鲁相。

四

太尉乔玄，字公祖，梁国人也。初为司徒长史。五月末，于中门卧。夜半后，见东壁正白，如开门明。呼问左右，左右莫见。因起自往，手扪摸之，壁自如故。还床复见，心大怖恐。其友应劭适往候之，语次相告。劭曰："乡人有董彦兴者，即许季山外孙也。其探赜索隐，穷神知化，虽眭孟、京房，无以过也。然天性褊狭，羞于卜筮者。"间来候师王叔茂请往迎之，须臾便与俱来。

公祖虚礼盛馔，下席行觞。彦兴自陈："下土诸生，无他异分，币重言甘，诚有踧踖。颇能别者，愿得从事。"公祖辞让再三，尔乃听之。曰："府君当有怪，白光如门明者，然不为害也。六月上旬鸡鸣时，闻南家哭，即吉。到秋节，迁北行郡，以金为名。位至将军三公。"公祖曰："怪异如此，救族不暇，何能致望于所不图？此相饶耳。”

至六月九日未明，太尉杨秉暴薨。七月七日，拜钜鹿太守，“钜”边有“金”。后为度辽将军，历登三事。

五

管辂，字公明，平原人也。善《易》卜。安平太守东莱王基，字伯舆，家数有怪，使辂筮之。卦成，辂曰：“君之卦，当有贱妇人生一男，堕地便走，入灶中死。又床上当有一大蛇衔笔，大小共视，须臾便去。又乌来入室中，与燕共斗，燕死乌去。有此三卦。”基大惊曰：“精义之致，乃至于此！幸为占其吉凶。”辂曰：“非有他祸，直客舍久远，魑魅罔两，共为怪耳。儿生便走，非能自走，直宋无忌之妖将其入灶也。大蛇衔笔者，直老书佐耳。乌与燕斗者，直老铃下耳。夫神明之正，非妖能害也。万物之变，非道所止也。久远之浮精，必能之定数也。今卦中见象而不见其凶，故知假托之数，非妖咎之征，自无所忧也。昔高宗之鼎，非雉所雊；太戊之阶，非桑所生。然而野鸟一雊，武丁为高宗；桑谷暂生，太戊以兴。焉知三事不为吉祥？愿府君安身养德，从容光大，勿以神奸污累天真。”后卒无他，迁安南督军。

后辂乡里乃太原问辂：“君往者为王府君论怪，云‘老书佐为蛇，老铃下为乌’。此本皆人，何化之微贱乎？为见于爻象，出君意乎？”辂言：“苟非性与天道，何由背爻象而任心胸者乎？夫万物之化，无有常形；人之变异，无有定体。或大为小，或小为大，固无优劣。万物之化，一例之道也。是以夏鲧，天子之父；赵王如意，汉高之子。而鲧为黄能，意为苍狗，斯亦至尊之位，而为黔喙之类也。况蛇者协辰巳之位，乌者栖太阳之精！此乃腾黑之明象，白日之流景。如书佐、铃下，各以微躯化为蛇乌，不亦过乎？”

六

管辂至平原，见颜超貌主夭亡，颜父乃求辂延命。辂曰：“子归，觅清酒〔一榼〕，鹿脯一斤。卯日，刈麦地南大桑树下，有二人围棋次，但酌酒置脯，饮尽更斟，以尽为度。若问汝，汝但拜之，勿言。必合有人救汝。”

颜依言而往，果见二人围棋，颜置脯斟酒于前。其人贪戏，但饮酒食脯不顾。数巡，北边坐者忽见颜在，叱曰：“何故在此？”颜唯拜之。南边坐者语曰：“适来饮他酒脯，宁无情乎？”北坐者曰：“文书已定。”南坐者曰：“借文书看之。”见超寿止可十九岁，乃取笔挑上，语曰：“救汝至九十年活。”颜拜而回。管语颜曰：“大助子，且喜得增寿。北边坐人是北斗，南边坐人是南斗。南斗注生，北斗注死。凡人受胎，皆从南斗过北斗。所有祈求，皆向北斗。”

七

信都令家妇女惊恐，更互疾病，使辂筮之。辂曰：“君北堂西头有两死男子，一男持矛，一男持弓箭，头在壁内，脚在壁外。持矛者主刺头，故头重痛，不得举也；持弓箭者主射胸腹，故心中悬痛，不得饮食也。昼则浮游，夜来病人，故使惊恐也。”于是掘其室中，入地八尺，果得二棺。一棺中有矛，一棺中有角弓及箭。箭久远，木皆消烂，但有铁及角完耳。乃徙骸骨，去城二十里埋之，无复疾病。

八

利漕民郭恩，字义博。兄弟三人，皆得躄疾，使辂筮其所由。辂曰："卦中有君本墓，墓中有女鬼，非君伯母，当叔母也。昔饥荒之世，当有利其数升米者，排着井中，啧啧有声，推一大石下，破其头。孤魂冤痛，自诉于天耳。"

九

淳于智，字叔平，济北庐人也。性深沉，有思义。少为书生，能《易》筮，善厌胜之术。高平刘柔夜卧，鼠啮其左手中指，意甚恶之，以问智。智为筮之，曰："鼠本欲杀君而不能，当为使其反死。"乃以朱书手腕横纹后三寸，为田字，可方一寸二分，使夜露手以卧，有大鼠伏死于前。

十

上党鲍瑗，家多丧病，贫苦。淳于智卜之，曰："君居宅不利，故令君困尔。君舍东北有大桑树。君径至市，入门数十步，当有一人卖新鞭者，便就买还，以悬此树。三年，当暴得财。"瑗承言诣市，果得马鞭。悬之三年，浚井，得钱数十万，铜铁器复二万馀。于是业用既展，病者亦无恙。

十一

谯人夏侯藻，母病困，将诣智卜。忽有一狐，当门向之嗥叫。藻大愕惧，遂驰诣智。智曰："其祸甚急。君速归，在狐嗥处拊心啼哭，令家人惊怪，大小毕出，一人不出，啼哭勿休。然其祸仅可免也。"藻还，如其言，母亦扶病而出。家人既集，堂屋五间拉然而崩。

十二

护军张劭，母病笃。智筮之，使西出市沐猴，系母臂，令旁人搥拍，恒使作声，三日放去。劭从之。其猴出门，即为犬所咋死，母病遂差。

十三

郭璞，字景纯，行至庐江，劝太守胡孟康急回南渡，康不从。璞将促装去之，爱其婢，无由得，乃取小豆三斗，绕主人宅散之。主人晨起，见赤衣人数千围其家，就视则灭，甚恶之。请璞为卦，璞曰："君家不宜畜此婢，可于东南二十里卖之，慎勿争价，则此妖可除也。"璞阴令人贱买此婢。复为投符于井中，数千赤衣人一一自投于井。主人大悦。璞携婢去，后数旬而庐江陷。

十四

赵固所乘马忽死，甚悲惜之，以问郭璞。璞曰：“可遣数十人持竹竿，东行三十里，有山林陵树，便搅打之，当有一物出，急宜持归。”于是如言，果得一物，似猿。持归，入门见死马，跳梁走往死马头，嘘吸其鼻。顷之，马即能起，奋迅嘶鸣，饮食如常，亦不复见向物。固奇之，厚加资给。

十五

扬州别驾顾球姊，生十年便病。至年五十馀，令郭璞筮。得“大过”之“升”，其辞曰：“大过卦者义不嘉，冢墓枯杨无英华。振动游魂见龙车，身被重累婴妖邪。法由斩祀杀灵蛇，非己之咎先人瑕。案卦论之可奈何？”球乃迹访其家事，先世曾伐大树，得大蛇杀之，女便病。病后，有群鸟数千，回翔屋上。人皆怪之，不知何故。有县农行过舍边，仰视，见龙牵车，五色晃烂，其大非常，有顷遂灭。

十六

义兴方叔保得伤寒，垂死，令璞占之，不吉，令求白牛厌之。求之不得，唯羊子玄有一白牛，不肯借。璞为致之，即日有大白牛从西来，径往临。叔保惊惶，病即愈。

十七

西川费孝先，善轨革，世皆知名。有大若人王旻，因货殖至成都，求为卦。孝先曰：“教住莫住，教洗莫洗。一石谷捣得三斗米。遇明即活，遇暗即死。”再三戒之，令诵此言足矣。旻志之。

及行，途中遇大雨，憩一屋下，路人盈塞。乃思曰：“教住莫住，得非此耶?”遂冒雨行。未几，屋遂颠覆，独得免焉。旻之妻已私邻比，欲媾终身之好，俟旋归，将致毒谋。旻既至，妻约其私人曰：“今夕新沐者，乃夫也。”将晡，呼旻洗沐，重易巾帨。旻悟曰：“教洗莫洗，得非此也?”坚不从。妻怒，不省，自沐，夜半反被害。

即觉，惊呼，邻里共视，皆莫测其由，遂被囚系拷讯。狱就，不能自辨。郡守录状，旻泣言：“死即死矣。但孝先所言终无验耳。”左右以是语上达。郡守命未得行法，（乎）〔呼〕旻问曰：“汝邻比何人也?”曰：“康七。”遂遣人捕之：“杀汝妻者，必此人也。”已而果然。因谓僚佐曰：“一石谷捣得三斗米，非康七乎?”由是辨雪。诚遇明即活之效。

十八

隗炤，汝阴鸿寿亭民也，善《易》。临终书板，授其妻曰：“吾亡后，当大荒。虽尔，而慎莫卖宅也。到后五年春，当有诏使来顿此亭，姓龚。此人负吾金，即以此板往责之，勿负言也。”亡后，果大困，欲卖宅者数矣，忆夫言，辄止。

至期，有龚使者果止亭中，妻遂赍板责之。使者执板，不知所言，曰：“我平生不负钱，此何缘尔邪?”妻曰：“夫临亡，手书板，见命如此，不敢妄也。”使者沉吟，良久而悟，乃命取蓍筮之。卦成，抵掌叹曰：“妙哉隗生！含明隐迹而莫之闻，可谓镜穷达而洞吉凶者也。”于是告其妻曰：“吾不负金，贤夫自有金。乃知亡后当暂穷，故藏金以待太平。所以不告儿妇者，恐金尽而困无已也。知吾善《易》，故书板以寄意耳。金五百斤，盛以青罂，覆以铜柈，埋在堂屋东头，去地一丈，入地九尺。”

妻还掘之，果得金，皆如所卜。

十九

韩友，字景先，庐江舒人也。善占卜，亦行京房厌胜之术。刘世则女病魅积年，巫为攻祷，伐空冢故城间，得狸鼍数十，病犹不差。友筮之，命作布囊，俟女发时，张囊着窗牖间。友闭户作气，若有所驱。须臾间，见囊大胀如吹，因决败之。女仍大发，友乃更作皮囊二枚，沓张之，施张如前，囊复胀满。因急缚囊口，悬着树。二十许日，渐消，开视，有二斤狐毛。女病遂差。

二十

会稽严卿，善卜筮。乡人魏序欲东行，荒年多抄盗，令卿筮之。卿曰：“君慎不可东行，必遭暴害，而非劫也。”序不信。卿曰：“既必不停，宜有以禳之。可索西郭外独母家白雄狗，系着船前。”求索，止得驳狗，无白者。卿曰：“驳者亦足。然犹恨其色不纯，当馀小毒，止及六畜辈耳，无所复忧。”序行半路，狗忽然作声甚急，有如人打之者。比视已死，吐黑血斗馀。其夕，序墅上白鹅数头，无故自死，序家无恙。

二十一

沛国华佗，字元化，一名旉。琅邪刘勋为河内太守，有女年几二十，苦脚左膝里有疮，痒而不痛，疮愈，数十日复发，如此七八年。迎佗使视，佗曰：“是易治之。”当得稻糠黄色犬一头，好马二匹，以绳系犬颈，使走马牵犬，马极辄易。计马走三十馀里，犬不能行。复令步人拖曳，计向五十里。乃以药饮女，女即安卧，不知人。因取大刀，断犬腹近后脚之前，以所断之处向疮口，令二三寸停之。须臾，有若蛇者从疮中出，便以铁椎横贯蛇头。蛇在皮中动摇良久，须臾不动，乃牵出，长三尺许，纯是蛇，但有眼处，而无童子，又逆鳞耳。以膏散着疮中，七日愈。

二十二

佗尝行道，见一人病咽，嗜食不得下。家人车载，欲往就医。佗闻其呻吟声，驻车往视，语之曰：“向来道边，有卖饼家蒜齑大酢，从取三升饮之，病自当去。”即如佗言，立吐蛇一枚。

卷　四

一

风伯、雨师，星也。风伯者，箕星也；雨师者，毕星也。郑玄谓司中、司命，文昌第四、第五星也。雨师一曰屏翳，一曰(号屏)〔屏号〕，一曰玄冥。

二

蜀郡张宽，字叔文，汉武帝时为侍中。从祀甘泉，至渭桥，有女子浴于渭水，乳长七尺，上怪其异，遣问之。女曰："帝后第七车者，知我所来。"时宽在第七车，对曰："天星主祭祀者，斋戒不洁则女人见。"

三

文王以太公望为灌坛令。期年，风不鸣条。文王梦一妇人，甚丽，当道而哭。问其故，曰："吾泰山之女，嫁为东海妇。欲归，今为灌坛令当道有德，废我行。我行必有大风疾雨。大风疾雨，是毁其德也。"文王觉，召太公问之。是日果有疾雨暴风，从太公邑外而过。文王乃拜太公为大司马。

四

胡母班，字季友，泰山人也。曾至泰山之侧，忽于树间逢一绛衣驺，呼班云：“泰山府君召。”班惊愕，逡巡未答。复有一驺出，呼之。遂随行数十步，驺请班暂瞑。少顷，便见宫室，威仪甚严，班乃入阁拜谒。主为设食，语班曰：“欲见君，无他，欲附书与女婿耳。”班问：“女郎何在?”曰：“女为河伯妇。”班曰：“辄当奉书，不知缘何得达?”答曰：“今适河中流，便扣舟呼青衣，当自有取书者。”班乃辞出。昔驺复令闭目，有顷，忽如故道。

遂西行，如神言而呼青衣。须臾，果有一女仆出，取书而没。少顷复出，云：“河伯欲暂见君。”婢亦请瞑目。遂拜谒河伯。河伯乃大设酒食，词旨殷勤。临去，谓班曰：“感君远为致书，无物相奉。”于是命左右：“取我青丝履来。”以贻班。

班出，瞑然忽得还舟。遂于长安经年而还。至泰山侧，不敢潜过，遂扣树，自称姓名：“从长安还，欲启消息。”须臾，昔驺出，引班如向法而进，因致书焉。府君请曰：“当别再报。”班语讫，如厕。忽见其父着械徒作，此辈数百人。班进拜流涕，问：“大人何因及此?”父云：“吾死不幸，见遣三年，今已二年矣，困苦不可处。知汝今为明府所识，可为吾陈之，乞免此役，便欲得社公耳。”班乃依教，叩头陈乞。府君曰：“生死异路，不可相近，身无所惜。”班苦请，方许之。于是辞出还家。

岁馀，儿子死亡略尽。班惶惧，复诣泰山，扣树求见。昔驺遂迎之而见。班乃自说：“昔辞旷拙，及还家，儿死亡至尽，今恐祸故未已，辄来启白，幸蒙哀救。”府君拊掌大笑曰：“昔语君‘死生异路，不可相近’故也。”即敕外召班父。须臾，至庭中。问之：“昔求还里社，当为门户作福，而孙息死亡至尽，何也?”答云：“久别乡里，自欣得还，又遇酒食充足，实念诸孙，召之。”于是代之。父涕泣而出，班遂还，后有儿皆无恙。

五

宋时，弘农冯夷，华阴潼乡堤首人也。以八月上庚日渡河溺死，天帝署为河伯。又《五行书》曰：“河伯以庚辰日死。不可治船远行，溺没不返。”

六

吴余杭县南有上湖，湖中央作塘。有一人乘马看戏，将三四人至岑村饮酒，小醉，暮还。时炎热，因下马入水中，枕石眠。马断走归，从人悉追马，至暮不返。

眠觉，日已向晡，不见人马。见一妇来，年可十六七，云：“女郎再拜。日既向暮，此间大可畏。君作何计?”因问：“女郎何姓?那得忽相闻?”复有一少年，年十三四，甚了了，乘新车，车后二十人，至，呼上车，云：“大人暂欲相见。”因回车而去。道中绎络把火，见城郭邑居。

既入城，进厅事上，有信幡，题云“河伯信”。俄见一人，年三十许，颜色如画，侍卫烦多。相对欣然，敕行酒（笑）〔炙〕，云：“仆有小女，颇聪明，欲以给君箕帚。”此人知神，不敢拒逆。

便敕备办，会就郎中婚。承白已办，遂以丝布单衣及纱袷、绢裙、纱衫裈、履屐，皆精好。又给十小吏，青衣数十人。妇年可十八九，姿容婉媚。便成。三日，经大会客拜阁。四日，云：“礼既有限，发遣去。”妇以金瓯、麝香囊与婿别，涕泣而分。又与钱十万，药方三卷，云：“可以施功布德。”复云：“十年当相迎。”

此人归家，遂不肯别婚，辞亲出家作道人。所得三卷方：一卷“脉经”，一卷“汤方”，一卷“丸方”。周行救疗，皆致神验。后母老兄丧，因还婚宦。

七

秦始皇三十六年，使者郑容从关东来，将入函关。西至华阴，望见素车白马，从华山上下。疑其非人，道住，止而待之。遂至，问郑容曰：“安之?”答曰：“之咸阳。”车上人曰：“吾华山使也，愿托一牍书，致镐池君所。子之咸阳，道过镐池，见一大梓，〔下〕有文石，取款梓，当有应者，即以书与之。”容如其言，以石款梓树，果有人来取书。明年，祖龙死。

八

张璞，字公直，不知何许人也。为吴郡太守，征还，道由庐山。子女观于祠室，婢使指像人以戏曰：“以此配汝。”其夜，璞妻梦庐君致聘曰：“鄙男不肖，感垂采择，用致微意。”妻觉，怪之。婢言其情，于是妻惧，催璞速发。中流，舟不为行，阖船震恐。乃皆投物于水，船犹不行。或曰：“投女则船为进。”皆曰：

“神意已可知也，以一女而灭一门，奈何？”璞曰：“吾不忍见之。”乃上飞庐卧，使妻沉女于水。妻因以璞亡兄孤女代之，置席水中，女坐其上，船乃得去。璞见女之在也，怒曰：“吾何面目于当世也！”乃复投己女。及得渡，遥见二女在下。有吏立于岸侧，曰：“吾，庐君主簿也。庐君谢君，知鬼神非匹，又敬君之义，故悉还二女。”后问女，言：“但见好屋吏卒，不觉在水中也。”

九

建康小吏曹著，为庐山使所迎，配以女婉。著形意不安，屡屡求请退。婉潸然垂涕，赋诗序别，并赠织成裈衫。

十

宫亭湖孤石庙，尝有估客下都，经其庙下，见二女子，云：“可为买两量丝履，自相厚报。”估客至都，市好丝履，并箱盛之，自市书刀亦内箱中。既还，以箱及香置庙中而去，忘取书刀。至河中流，忽有鲤鱼跳入船内。破鱼腹，得书刀焉。

十一

南州人有遣吏献犀簪于孙权者，舟过宫亭庙而乞灵焉。神忽下教曰：“须汝犀簪。”吏惶遽，不敢应。俄而犀簪已前列矣，神复下教曰：“俟汝至石头城，返汝簪。”吏不得已，遂行。自分失簪，且得死罪。比达石头，忽有大鲤鱼，长三尺，跃入舟，剖之得簪。

十二

郭璞过江，宣城太守殷祐引为参军。时有一物，大如水牛，灰色，卑脚，脚类象，胸前尾上皆白，大力而迟钝，来到城下。众咸怪焉。祐使人伏而取之，令璞作卦，遇“遁”之“蛊”，名曰“驴鼠”。卜适了，伏者以戟刺，深尺馀。郡（纪纲）〔纲纪〕上祠请杀之。巫云：“庙神不悦。此是郱亭驴山君使，至荆山，暂来过我，不须触之。”遂去，不复见。

十三

庐陵欧明，从贾客道经彭泽湖，每以舟中所有，多少投湖中，云以为礼。积数年。后复过，忽见湖中有大道，上多风尘。有数吏，乘车马来候明，云是青洪君使要。须臾达，见有府舍，门下吏卒，明甚怖。吏曰：“无可怖。青洪君感君前后有礼，故要君。必有重遗君者，君勿取，独求如愿耳。”明既见青洪君，乃求如愿。使逐明去。如愿者，青洪君婢也。明将归，所愿辄得，数年，大富。

十四

益州之西，云南之东，有神祠。克山石为室，下有神奉祠之，自称黄公。因言此神，张良所受黄石公之灵也。清净不宰杀。诸祈祷者，持一百（钱）〔纸〕、一双笔、一丸墨置石室中，前请乞。

先闻石室中有声，须臾，问来人何欲。既言，便具语吉凶，不见其形。至今如此。

十五

永嘉中，有神见兖州，自称樊道基。有妪，号成夫人。夫人好音乐，能弹箜篌，闻人弦歌，辄便起舞。

十六

沛国戴文谋，隐居阳城山中。曾于客堂食际，忽闻有神呼曰："我天帝使者，欲下凭君，可乎？"文闻甚惊。又曰："君疑我也？"文乃跪曰："居贫，恐不足降下耳。"既而洒扫设位，朝夕进食甚谨。后于室内窃言之，妇曰："此恐是妖魅凭依耳。"文曰："我亦疑之。"及祠飨之时，神乃言曰："吾相从，方欲相利，不意有疑心异议。"文辞谢之际，忽堂上如数十人呼声。出视之，见一大鸟五色，白鸠数十随之，东北入云而去，遂不见。

十七

麋竺，字子仲，东海朐人也。祖世货殖，家资巨万。常从洛归，未至家数十里，见路次有一好新妇，从竺求寄载。行可二十馀里，新妇谢去，谓竺曰："我，天使也。当往烧东海麋竺家。感君见载，故以相语。"竺因私请之，妇曰："不可得不烧。如此，君可快去，我当缓行，日中必火发。"竺乃急行归，达家，便移出财物，日中而火大发。

十八

汉宣帝时，南阳阴子方者，性至孝，积恩好施，喜祀灶。腊日晨炊，而灶神形见。子方再拜受庆，家有黄羊，因以祀之。自是已后，暴至巨富，田七百馀顷，舆马仆隶，比于邦君。子方尝言：“我子孙必将强大。”至识三世，而遂繁昌。家凡四侯，牧守数十。故后子孙尝以腊日祀灶，而荐黄羊焉。

十九

吴县张成夜起，忽见一妇人立于宅南角。举手招成曰：“此是君家之蚕室，我即此地之神。明年正月十五，宜作白粥，泛膏于上。”以后年年大得蚕。今之作膏糜象此。

二十

豫章有戴氏女，久病不差。见一小石，形像偶人。女谓曰：“尔有人形，岂神？能差我宿疾者，吾将重汝。”其夜，梦有人告之：“吾将祐汝。”自后疾渐差。遂为立祠山下，戴氏为巫，故名戴侯祠。

二十一

汉阳羡长刘玘尝言："我死，当为神。"一夕饮醉，无病而卒。风雨失其柩，夜闻荆山有数千人（噭）〔喊〕声，乡民往视之，则棺已成冢。遂改为君山，因立祠祀之。

卷　五

一

蒋子文者，广陵人也。嗜酒好色，挑达无度。常自谓己骨清，死当为神。汉末为秣陵尉，逐贼至钟山下，贼击伤额，因解绶缚之，有顷遂死。及吴先主之初，其故吏见文于道，乘白马，执白羽，侍从如平生。见者惊走。文追之，谓曰：“我当为此土地神，以福尔下民。尔可宣告百姓，为我立祠。不尔，将有大咎。”是岁夏，大疫，百姓窃相恐动，颇有窃祠之者矣。文又下巫祝：“吾将大启祐孙氏，宜为我立祠。不尔，将使虫入人耳为灾。”俄而小虫如尘虻，入耳皆死，医不能治，百姓愈恐。孙主未之信也。又下巫祝：“若不祀我，将又以大火为灾。”是岁，火灾大发，一日数十处，火及公宫。议者以为鬼有所归，乃不为厉，宜有以抚之。于是使使者封子文为中都侯，次弟子绪为长水校尉，皆加印绶，为立庙堂，转号钟山为蒋山，今建康东北蒋山是也。自是灾厉止息，百姓遂大事之。

二

刘赤父者，梦蒋侯召为主簿。期日促，乃往庙陈请：“母老子弱，情事过切，乞蒙放恕。会稽魏过，多材艺，善事神，请举过自代。”因叩头流血。庙祝曰：“特愿相屈。魏过何人，而有斯举？”赤父固请，终不许。寻而赤父死焉。

三

咸宁中，太常卿韩伯子某、会稽内史王蕴子某、光禄大夫刘耽子某，同游蒋山庙。庙有数妇人像，甚端正。某等醉，各指像以戏，自相配匹。即以其夕，三人同梦蒋侯遣传教相闻曰：“家子女并丑陋，而猥垂荣顾。辄刻某日，悉相奉迎。”某等以其梦指适异常，试往相问，而果各得此梦，符协如一。于是大惧，备三牲，诣庙谢罪乞哀。又俱梦蒋侯亲来降己，曰：“君等既已顾之，实贪会对。克期垂及，岂容方更中悔？”经少时并亡。

四

会稽鄮县东野，有女子，姓吴，字望子，年十六，姿容可爱。其乡里有解鼓舞神者，要之便往。缘塘行，半路忽见一贵人，端正非常。贵人乘船，挺力十馀，〔皆〕整顿。令人问望子欲何之，具以事对。贵人云：“今正欲往彼，便可入船共去。”望子辞不敢，忽然不见。望子既拜神座，见向船中贵人俨然端坐，即蒋侯像也。问望子来何迟，因掷两橘与之。数数形见，遂隆情好。心有所欲，辄空中下之。尝思啖鲤，一双鲜鲤随心而至。望子芳香，流闻数里，颇有神验，一邑共事奉。经三年，望子忽生外意，神便绝往来。

五

陈郡谢玉为琅邪内史，在京城。所在虎暴，杀人甚众。有一人以小船载年少妇，以大刀插着船，挟暮来至逻所。将出语云："此间顷来甚多草秽，君载细小，作此轻行，大为不易。可止逻宿也。"相问讯既毕，逻将适还去。其妇上岸，便为虎将去。其夫拔刀大唤，欲逐之。先奉事蒋侯，乃唤求助。

如此当行十里，忽如有一黑衣为之导。其人随之，当复二十里，见大树。既至一穴，虎子闻行声，谓其母至，皆走出。其人即其所杀之，便拔刀隐树侧。住良久，虎方至，便下妇着地，倒牵入穴。其人以刀当腰斫断之。虎既死，其妇故活，向晓能语。问之，云："虎初取，便负着背上。临至而后下之。四体无他，止为草木伤耳。"扶归还船。明夜，梦一人语之曰："蒋侯使助汝，知否?"至家，杀猪祠焉。

六

淮南全椒县有丁新妇者，本丹阳丁氏女，年十六，适全椒谢家。其姑严酷，使役有程，不如限者，仍便笞捶不可堪。九月九日，乃自经死，遂有灵（向）〔响〕闻于民间。发言于巫祝曰："念人家妇女，作息不倦，使避九月九日，勿用作事。"见形，着缥衣，戴青盖，从一婢，至牛渚津求渡。有两男子，共乘船捕鱼，仍呼求载。两男子笑，共调弄之，言："听我为妇，当相渡也。"丁妪曰："谓汝是佳人，而无所知。汝是人，当使汝入泥死。是鬼，使汝入水。”便却入草中。

须臾，有一老翁乘船载苇，妪从索渡。翁曰：“船上无装，岂可露渡？恐不中载耳。”妪言无苦。翁因出苇半许，安处（不）着船中，径渡之至南岸。临去，语翁曰：“吾是鬼神，非人也，自能得过。然宜使民间粗相闻知。翁之厚意，出苇相渡，深有惭感，当有以相谢者。若翁速还去，必有所见，亦当有所得也。”翁曰：“恐燥湿不至，何敢蒙谢？”翁还西岸，见两男子覆水中。进前数里，有鱼千数，跳跃水边，风吹至岸上。翁遂弃苇，载鱼以归。

于是丁妪遂还丹阳，江南人皆呼为丁姑。九月九日，不用作事，咸以为息日也。今所在祠之。

七

散骑侍郎王祐疾困，与母辞诀。既而闻有通宾者曰：“某郡某里某人，尝为别驾。”祐亦雅闻其姓字。

有顷，奄然来至，曰：“与卿士类，有自然之分，又州里，情便款然。今年国家有大事，出三将军，分布征发。吾等十馀人，为赵公明府参佐。至此仓卒，见卿有高门大屋，故来投。与卿相得，大不可言。”祐知其鬼神，曰：“不幸疾笃，死在旦夕。遭卿，以性命相（托）〔乞〕。”答曰：“人生有死，此必然之事。死者不系生时贵贱，吾今见领兵三千，须卿得度簿相付。如此地难得，不宜辞之。”祐曰：“老母年高，兄弟无有，一旦死亡，前无供养。”遂欷歔不能自胜。其人怆然曰：“卿位为常伯，而家无馀财。向闻与尊夫人辞诀，言辞哀苦，然则卿国士也，如何可令死？吾当相为。”因起去：“明日更来。”

其明日又来。祐曰："卿许活吾，当卒恩否?"答曰："大老子业已许卿，当复相欺耶?"见其从者数百人，皆长二尺许，乌衣军服，赤油为志。祐家击鼓祷祀，诸鬼闻鼓声，皆应节起舞，振袖，飒飒有声。祐将为设酒食，辞曰不须。因复起去，谓祐曰："病在人体中如火，当以水解之。"因取一杯水，发被灌之。又曰："为卿留赤笔十馀枝，在荐下，可与人，使簪之。出入辟恶灾，举事皆无恙。"因道曰："王甲李乙，吾皆与之。"遂执祐手与辞。

时祐得安眠，夜中忽觉，乃呼左右，令开被："神以水灌我，将大沾濡。"开被而信，有水在上被之下，下被之上，不浸，如露之在荷。量之，得三升七合。于是疾三分愈二，数日大除。凡其所道当取者，皆死亡，唯王文英半年后乃亡。所道与赤笔人，皆经疾病及兵乱，皆亦无恙。

初，有妖书云："上帝以三将军赵公明、钟士季，各督数〔万〕鬼下取人。"莫知所在。祐病差，见此书，与所道赵公明合焉。

八

汉下邳周式尝至东海，道逢一吏，持一卷书求寄载。行十馀里，谓式曰："吾暂有所过，留书寄君船中，慎勿发之。"去后，式盗发视书，皆诸死人录，下条有式名。须臾，吏还，式犹视书。吏怒曰："故以相告，而忽视之!"式叩头流血。良久，吏曰："感卿远相载，此书不可除卿名。今日已去，还家，三年勿出门，可得度也。勿道见吾书。"

式还不出，已二年馀，家皆怪之。邻人卒亡，父怒，使往吊之。式不得已，适出门，便见此吏。吏曰：“吾令汝三年勿出，而今出门，知复奈何！吾求不见，连累为鞭杖。今已见汝，无可奈何。后三日日中，当相取也。”式还，涕泣具道如此。父故不信，母昼夜与相守。至三日日中时，果见来取，便死。

九

南顿张助于田中种禾，见李核，欲持去。顾见空桑中有土，因植种，以馀浆溉灌。后人见桑中反复生李，转相告语。有病目痛者，息阴下，言：“李君令我目愈，谢以一豚。”目痛小疾，亦行自愈。众犬吠声，盲者得视，远近翕赫。其下车骑常数千百，酒肉滂沱。间一岁馀，张助远出来还，见之惊云：“此有何神？乃我所种耳！”因就斫之。

十

王莽居摄，刘京上言：“齐郡临淄县亭长辛当，数梦人谓曰：‘吾，天使也，摄皇帝当为真。即不信我，此亭中当有新井出。’亭长起视，亭中果有新井，入地百尺。”

卷　六

一

妖怪者，盖精气之依物者也。气乱于中，物变于外。形神气质，表里之用也，本于五行，通于五事。虽消息升降，化动万端，其于休咎之征，皆可得域而论矣。

二

夏桀之时，厉山亡。秦始皇之时，三山亡。周显王三十二年，宋大丘社亡。汉昭帝之末，陈留昌邑社亡。京房《易传》曰："山默然自移，天下兵乱，社稷亡也。"故会稽山阴琅邪中有怪山，世传本琅邪东武海中山也。时天夜，风雨晦冥，旦而见武山在焉。百姓怪之，因名曰怪山。时东武县山，亦一夕自亡去。识其形者，乃知其移来。今怪山下见有东武里，盖记山所自来，以为名也。又交州脆州山移至青州。凡山徙，皆不极之异也。此二事，未详其世。《尚书·金縢》曰："山徙者，人君不用道士，贤者不兴。或禄去公室，赏罚不由君，私门成群，不救，当为易世变号。"

说曰："善言天者，必质于人；善言人者，必本于天。故天有四时，日月相推，寒暑迭代。其转运也，和而为雨，怒而为风，散而为露，乱而为雾，凝而为霜雪，立而为虹蜺，此天之常数也。

人有四肢五脏，一觉一寐，呼吸吐纳，精气往来，流而为荣卫，彰而为气色，发而为声音，此亦人之常数也。若四时失运，寒暑乖违，则五纬盈缩，星辰错行，日月薄蚀，彗孛流飞，此天地之危诊也；寒暑不时，此天地之蒸否也；石立土踊，此天地之瘤赘也；山崩地陷，此天地之痈疽也；冲风暴雨，此天地之奔气也；雨泽不降，川渎涸竭，此天地之焦枯也。”

三

商纣之时，大龟生毛，兔生角，兵甲将兴之象也。

四

周宣王三十三年，幽王生，是岁有马化为狐。

五

晋献公二年，周惠王居于郑。郑人入（王）〔玉〕府，多脱化为蜮，射人。

六

周隐王二年四月，齐地暴长，长丈馀，高一尺五寸。京房《易妖》曰：“地四时暴长，占春夏多吉，秋冬多凶。”历阳之郡，一夕沦入地中而为水泽，今麻湖是也。不知何时。《运斗枢》曰：

"邑之沦，阴吞阳，下相屠焉。"

七

周哀王八年，郑有一妇人，生四十子。其二十人为人，二十人死。其九年，晋有豕生人。吴赤乌七年，有妇人一生三子。

八

周烈王六年，林碧阳君之御人产二龙。

九

鲁严公八年，齐襄公田于贝丘，见豕。从者曰："公子彭生也。"公怒，射之。豕人立而啼。公惧，坠车伤足，丧屦。刘向以为近豕祸也。

十

鲁严公时，有内蛇与外蛇斗郑南门中，内蛇死。刘向以为近蛇孽也。京房《易传》曰："立嗣子疑，厥妖蛇居国门斗。"

十一

鲁昭公十九年，龙斗于郑时门之外洧渊。刘向以为近龙孽也。

京房《易传》曰："众心不安，厥妖龙斗其邑中也。"

十二

鲁定公元年，有九蛇绕柱。占以为九世庙不祀，乃立炀宫。

十三

秦孝公二十一年，有马生人。昭王二十年，牡马生子而死。刘向以为皆马祸也。京房《易传》曰："方伯分威，厥妖牡马生子。上无天子，诸侯相伐，厥妖马生人。"

十四

魏襄王十三年，有女子化为丈夫，与妻生子。京房《易传》曰："女子化为丈夫，兹谓阴昌，贱人为王；丈夫化为女子，兹谓阴胜阳，厥咎亡。"一曰："男化为女，宫刑滥；女化为男，妇政行也。"

十五

秦（孝）〔惠〕文王五年，游朐衍，有献五足牛。时秦世大用民力，天下叛之。京房《易传》曰："兴繇役，夺民时，厥妖牛生五足。"

十六

秦始皇二十六年，有大人，长五丈，足履六尺，皆夷狄服。凡十二人，见于临洮。乃作金人十二以象之。

十七

汉惠帝二年正月癸酉旦，有两龙现于兰陵廷东里温陵井中，至乙亥夜去。京房《易传》曰："有德遭害，厥妖龙见井中。"又曰："行刑暴恶，黑龙从井出。"

十八

汉文帝十二年，吴地有马生角，在耳前，上向。右角长三寸，左角长二寸，皆大二寸。刘向以为马不当生角，犹吴不当举兵向上也，吴将反之变云。京房《易传》曰："臣易上，政不顺，厥妖马生角。兹谓贤士不足。"又曰："天子亲伐，马生角。"

十九

文帝后元五年六月，齐雍城门外有狗生角。京房《易传》曰："执政失，下将害之，厥妖狗生角。"

二十

汉景帝元年九月，胶东下密人年七十馀，生角，角有毛。京房《易传》曰："冢宰专政，厥妖人生角。"《五行志》以为人不当生角，犹诸侯不敢举兵以向京师也。其后遂有七国之难。至晋武帝泰始五年，元城人年七十，生角。殆赵王伦篡乱之应也。

二十一

汉景帝三年，邯郸有狗与彘交。是时赵王悖乱，遂与六国反，外结匈奴以为援。《五行志》以为犬兵革失众之占，豕北方匈奴之象。逆言失听，交于异类，以生害也。京房《易传》曰："夫妇不严，厥妖狗与豕交，兹谓反德，国有兵革。"

二十二

景帝三年十一月，有白颈乌与黑乌群斗楚国吕县。白颈不胜，堕泗水中，死者数千。刘向以为近白黑祥也。时楚王戊暴逆无道，刑辱申公，与吴谋反。乌群斗者，师战之象也。白颈者小，明小者败也。堕于水者，将死水地。王戊不悟，遂举兵应吴，与汉大战，兵败而走，至于丹徒，为越人所斩，堕泗水之效也。京房《易传》曰："逆亲亲，厥妖白、黑乌斗于国中。"

燕王旦之谋反也，又有一乌一鹊，斗于燕宫中池上，乌堕池死。《五行志》以为楚、燕皆骨肉藩臣，骄恣而谋不义，俱有乌鹊斗死之祥。行同而占合，此天人之明表也。燕阴谋未发，独王自杀于宫，故一乌而水色者死；楚炕阳举兵，军师大败于野，故乌众而金色者死。天道精微之效也。京房《易传》曰："颛征劫杀，厥妖乌鹊斗。"

二十三

景帝十六年，梁孝王田北山，有献牛足上出背上者。刘向以为近牛祸。内则思虑霿乱，外则土功过制，故牛祸作。足而出于背，下奸上之象也。

二十四

汉武帝太始四年七月，赵有蛇从郭外人，与邑中蛇斗孝文庙下，邑中蛇死。后二年秋，有卫太子事，自赵人江充起。

二十五

汉昭帝元凤元年九月，燕有黄鼠衔其尾，舞王宫端门中。王往视之，鼠舞如故。王使吏以酒脯祠，鼠舞不休，一日一夜死。时燕王旦谋反，将死之象也。京房《易传》曰："诛不原情，厥妖鼠舞门。"

二十六

昭帝元凤三年正月，泰山芜莱山南，汹汹有数千人声。民往视之，有大石自立。高丈五尺，大四十八围，入地深八尺，三石为足。石立后，有白乌数千集其旁。宣帝中兴之瑞也。

二十七

昭帝时，上林苑中大柳树断仆地。一朝起立，生枝叶。有虫食其叶，成文字，曰："公孙病已立。"

二十八

昭帝时，昌邑王贺见大白狗冠方山冠而无尾。至熹平中，省内冠狗带绶，以为笑乐。有一狗突出，走入司空府门，或见之者，莫不惊怪。京房《易传》曰："君不正，臣欲篡，厥妖狗冠出朝门。"

二十九

汉宣帝黄龙元年，未央殿辂铃中雌鸡化为雄，毛衣变化，而不鸣不将，无距。元帝初元元年，丞相府史家雌鸡伏子，渐化为雄，冠距鸣将。至永光中，有献雄鸡生角者。《五行志》以为王氏之应。京房《易传》曰："贤者居明夷之世，知时而伤；或众在位，厥妖鸡生角。”又曰：“妇人专政，国不静；牝鸡雄鸣，主不荣。”

三 十

宣帝之世，燕、岱之间有三男共取一妇，生四子。及至将分妻子而不可均，乃致争讼。廷尉范延寿断之曰：“此非人类，当以禽兽，从母不从父也。请戮三男，以儿还母。”宣帝嗟叹曰：“事何必古？若此，则可谓当于理而厭人情也！”延寿盖见人事而知用刑矣，未知论人妖将来之验也。

三十一

汉元帝永光二年八月，天雨草而叶相樛结，大如弹丸。至平帝元始三年正月，天雨草，状如永光时。京房《易传》曰：“君吝于禄，信衰贤去，厥妖天雨草。”

三十二

元帝建昭五年，兖州刺史浩赏禁民私所自立社。山阳橐茅乡社有大槐树，吏伐断之。其夜，树复立故处。说曰：“凡枯断复起，皆废而复兴之象也。是世祖之应耳。”

三十三

汉成帝建始四年九月，长安城南有鼠衔黄藁、柏叶上民冢柏及榆树上为巢，桐柏为多，巢中无子，皆有干鼠矢数升。时议臣以为恐有水灾。鼠，盗窃小虫，夜出昼匿。今正昼去穴而登木，象贱人将居贵显之占。桐柏，卫思后园所在也。其后赵后自微贱登至尊，与卫后同类，赵后终无子而为害。明年，有鸢焚巢杀子之象云。京房《易传》曰："臣私禄罔干，厥妖鼠巢。"

三十四

成帝河平元年，长安男子石良、刘音相与同居。有如人状在其室中，击之，为狗，走出。去后，有数人披甲持弓弩至良家。良等格击，或死或伤，皆狗也。自二月至六月乃止。其于《洪范》，皆犬祸，言不从之咎也。

三十五

成帝河平元年二月庚子，泰山山桑谷有鸢焚其巢。男子孙通等闻山中群鸟鸢鹊声，往视之，见巢然，尽堕池中，有三鸢鷇烧死。树大四围，巢去地五丈五尺。《易》曰："鸟焚其巢，旅人先笑，后号咷。"后卒成易世之祸云。

三十六

成帝鸿嘉四年秋，雨鱼于信都，长五寸以下。至永始元年春，北海出大鱼，长六丈，高一丈，四枚。哀帝建平三年，东莱平度出大鱼，长八丈，高一丈一尺，七枚，皆死。灵帝熹平二年，东莱海出大鱼二枚，长八、九丈，高二丈馀。京房《易传》曰："海数见巨鱼，邪人进，贤人疏。"

三十七

成帝永始元年二月，河南街邮樗树生枝如人头，眉目须皆具，亡发耳。至哀帝建平三年十月，汝南西平遂阳乡有材仆地，生枝如人形，身青黄色，面白，头有髭发，稍长大，凡长六寸一分。京房《易传》曰："王德衰，下人将起，则有木生为人状。"其后有王莽之篡。

三十八

成帝绥和二年二月，大厩马生角，在左耳前，围长各二寸。是时王莽为大司马，害上之萌，自此始矣。

三十九

成帝绥和二年三月，天水平襄有燕生雀，哺食至大，俱飞去。

京房《易传》曰：“贼臣在国，厥咎燕生雀，诸侯销。”又曰：“生非其类，子不嗣世。”

四　十

汉哀帝建平三年，定襄有牡马生驹，三足，随群饮食。《五行志》以为：马，国之武用，三足，不任用之象也。

四十一

哀帝建平三年，零陵有树僵地，围一丈六尺，长十丈七尺。民断其本，长九尺馀，皆枯。三月，树卒自立故处。京房《易传》曰：“弃正作淫，厥妖木断自属。妃后有颛，木仆反立，断枯复生。”

四十二

哀帝建平四年四月，山阳方与女子田无啬生子。未生二月前，儿啼腹中。及生，不举，葬之陌上。后三日，有人过，闻儿啼声，母因掘收养之。

四十三

哀帝建平四年夏，京师郡国民聚会里巷阡陌，设张博具歌舞，祠西王母。又传书曰：“母告百姓，佩此书者不死。不信我言，视门枢下当有白发。”至秋乃止。

四十四

哀帝建平中，豫章有男子化为女子，嫁为人妇，生一子。长安陈凤曰：“阳变为阴，将亡继嗣，自相生之象。”一曰：“嫁为人妇，生一子者，将复一世乃绝。”故后哀帝崩，平帝没，而王莽篡焉。

四十五

汉平帝元始元年二月，朔方广牧女子赵春病死，既棺殓，积七日，出在棺外。自言见夫死父，曰：“年二十七，汝不当死。”太守谭以闻。说曰：“至阴为阳，下人为上，厥妖人死复生。”其后王莽篡位。

四十六

汉平帝元始元年六月，长安有女子生儿，两头两颈，面俱相向，四臂共胸，俱前向，尻上有目，长二寸所。京房《易传》曰：“‘暌孤，见豕负涂。’厥妖人生两头。下相攘善，妖亦同。人若六畜首目在下，兹谓亡上，政将变更。厥妖之作，以谴失正，各象其类。两颈，下不一也；手多，所任邪也；足少，下不胜任，或不任下也。凡下体生于上，不敬也；上体生于下，媟渎也；生非其类，淫乱也；人生而大，上速成也；生而能言，好虚也。群妖推此类。不改，乃成凶也。”

四十七

汉章帝元和元年，代郡高柳乌生子，三足，大如鸡，色赤，头有角，长寸馀。

四十八

汉桓帝即位，有大蛇见德阳殿上。洛阳市令淳于翼曰：“蛇有鳞，甲兵之象也。见于省中，将有椒房大臣受甲兵之象也。”乃弃官遁去。到延熹二年，诛大将军梁冀，捕治家属，扬兵京师也。

四十九

汉桓帝建和三年秋七月，北地廉雨肉，似羊（助）〔肋〕，或大如手。是时梁太后摄政，梁冀专权，擅杀诛太尉李固、杜乔，天下冤之。其后梁氏诛灭。

五　十

汉桓帝元嘉中，京都妇女作愁眉、啼妆、堕马髻、折腰步、龋齿笑。愁眉者，细而曲折。啼妆者，薄拭目下，若啼处。堕马髻者，作一边。折腰步者，足不在下体。龋齿笑者，若齿痛，乐不欣欣。始自大将军梁冀妻孙寿所为，京都翕然，诸夏效之。天戒若曰："兵马将往收捕，妇女忧愁，踧眉啼哭，吏卒掣顿，折其腰脊，令髻邪倾，虽强语笑，无复气味也。"到延熹二年，冀举宗合诛。

五十一

桓帝延熹五年，临沅县有牛生鸡，两头四足。

五十二

汉灵帝数游戏于西园中，令后宫采女为客舍主人，身为估服，行至舍间，采女下酒食，因共饮食，以为戏乐。是天子将欲失位，降在皂隶之谣也。其后天下大乱。

古志有曰："赤厄三七。"三七者，经二百一十载，当有外戚之篡，丹眉之妖。篡盗短祚，极于三六，当有飞龙之秀，兴复祖宗。又历三七，当复有黄首之妖，天下大乱矣。自高祖建业，至于平帝之末，二百一十年而王莽篡，盖因母后之亲。十八年而山东贼樊子都等起，实丹其眉，故天下号曰"赤眉"。于是光武以兴祚，其名曰秀。

至于灵帝中平元年而张角起，置三十六（万）〔方〕，徒众数十万，皆是黄巾，故天下号曰"黄巾贼"。至今道服由此而兴。初起于邺，会于真定，诳惑百姓曰："苍天已死，黄天立。岁名甲子年，天下大吉。"起于邺者，天下始业也，会于真定也。小民相向跪拜趋信，荆、扬尤甚。乃弃财产，流沉道路，死者无数。角等初以二月起兵，其冬十二月悉破。自光武中兴，至黄巾之起，未盈二百一十年，天下大乱，汉祚废绝，实应三七之运。

五十三

灵帝建宁中，男子之衣，好为长服，而下甚短。女子好为长裾，而上甚短。是阳无下而阴无上，天下未欲平也，后遂大乱。

五十四

灵帝建宁三年春，河内有妇食夫，河南有夫食妇。夫妇阴阳二仪，有情之深者也。今反相食，阴阳相侵，岂特日月之眚哉！灵帝既没，天下大乱，君有妄诛之暴，臣有劫弑之逆，兵革相残，骨肉为仇，生民之祸极矣，故人妖为之先作。恨而不遭辛有、屠（乘）〔黍〕之论，以测其情也。

五十五

灵帝熹平二年六月，洛阳民讹言："虎贲寺东壁中有黄人，形容须眉良是。"观者数万，省内悉出，道路断绝。到中平元年二月，张角兄弟起兵冀州，自号"黄天"。三十六方，四面出和，将帅星布，吏士外属。因其疲馁，牵而胜之。

五十六

灵帝熹平三年，右校别作中有两樗树，皆高四尺许。其一株，宿昔暴长，长一丈馀，粗大一围，作胡人状，头目鬓须发俱具。其五年十月壬午，正殿侧有槐树，皆六七围，自拔倒竖，根上枝下。又中平中，长安城西北六七里空树中，有人面，生鬓。其于《洪范》，皆为木不曲直。

五十七

灵帝光和元年，南宫侍中寺雌鸡欲化为雄，一身毛皆似雄，但头冠尚未变。

五十八

灵帝光和二年，洛阳上西门外女子生儿，两头，异肩共胸，俱前向。以为不祥，堕地弃之。自是之后，朝廷霿乱，政在私门，上下无别，二头之象。后董卓戮太后，被以不孝之名放废天子，后复害之。汉元以来，祸莫逾此。

五十九

光和四年，南宫中黄门寺有一男了，长九尺，服白衣。中黄门解步呵问："汝何等人？白衣妄入宫掖!"曰："我，梁伯夏后。天使我为天子。"步欲前收之，因忽不见。

六　十

光和七年，陈留济阳、长垣，济阴、东郡，冤句、离狐界中，路边生草，悉作人状，操持兵弩，牛马龙蛇鸟兽之形，白黑各如其色，羽毛、头目、足翅皆备，非但仿佛，像之尤纯。旧说曰："近草妖也。"是岁有黄巾贼起，汉遂微弱。

六十一

灵帝中平元年六月壬申，洛阳男子刘仓居上西门外，妻生男，两头共身。至建安中，女子生男，亦两头共身。

六十二

中平三年八月中，怀陵上有万馀雀，先极悲鸣，已因乱斗相杀，皆断头，悬着树枝枳棘。到六年，灵帝崩。夫陵者，高大之象也；雀者，爵也。天戒若曰："诸怀爵禄而尊厚者，还自相害，至灭亡也。"

六十三

汉时，京师宾婚嘉会，皆作魁櫑，酒酣之后，续以挽歌。魁櫑，丧家之乐；挽歌，执绋相偶和之者。天戒若曰："国家当急殄悴，诸贵乐皆死亡也。"自灵帝崩后，京师坏灭，户有兼尸虫而相食者。魁楳、挽歌，斯之效乎？

六十四

灵帝之末，京师谣言曰："侯非侯，王非王，千乘万骑上北邙。"到中平六年，史侯登蹑至尊，献帝未有爵号，为中常侍段珪等所执，公卿百僚，皆随其后，到河上，乃得还。

六十五

汉献帝初平中，长沙有人姓桓氏，死，棺敛月馀，其母闻棺中有声，发之，遂生。占曰："至阴为阳，下人为上。"其后曹公由庶士起。

六十六

献帝建安七年，越巂有男子化为女子。时周群上言："哀帝时亦有此变，将有易代之事。"至二十五年，献帝封山阳公。

六十七

建安初，荆州童谣曰："八九年间始欲衰，至十三年无孑遗。"言自中兴以来，荆州独全，及刘表为牧，民又丰乐，至建安九年当始衰。始衰者，谓刘表妻死，诸将并零落也。十三年无孑遗者，表又当死，因以丧败也。是时华容有女子，忽啼呼曰："将有大丧。”言语过差，县以为妖言，系狱。月馀，忽于狱中哭曰：“刘荆州今日死。”华容去州数百里，即遣马（里）〔吏〕验视，而刘表果死，县乃出之。续又歌吟曰：“不意李立为贵人。”后无几，曹公平荆州，以涿郡李立字建贤为荆州刺史。

六十八

建安二十五年正月，魏武在洛阳起建始殿，伐濯龙树而血出。又掘徙梨，根伤而血出。魏武恶之，遂寝疾，是月崩。是岁为魏武黄初元年。

六十九

魏黄初元年，未央宫中有鹰生燕巢中，口爪俱赤。至青龙中，明帝为凌霄阁，始构，有鹊巢其上。帝以问高堂隆，对曰：“《诗》云：‘惟鹊有巢，惟鸠居之。’今兴起宫室，而鹊来巢，此宫室未成，身不得居之象也。”

七　十

魏齐王嘉平初，白马河出妖马，夜过官牧边鸣呼，众马皆应。明日，见其迹大如斛，行数里，还入河。

七十一

魏景初元年，有燕生巨鷇于卫国李盖家，形若鹰，吻似燕。高堂隆曰："此魏室之大异，宜防鹰扬之臣于萧墙之内。"其后宣帝起，诛曹爽，遂有魏室。

七十二

蜀景耀五年，宫中大树无故自折。谯周深忧之，无所与言，乃书柱曰："众而大，期之会；具而授，若何复?"言曹者，大也。众而大，天下其当会也。具而授，如何复有立者乎？蜀既亡，咸以周言为验。

七十三

吴孙权太元元年八月朔，大风，江海涌溢，平地水深八尺。拔高陵树二千株，石碑差动，吴城两门飞落。明年，权死。

七十四

吴孙亮五凤元年六月，交阯稗草化为稻。昔三苗将亡，五谷变种，此草妖也。其后亮废。

七十五

吴孙亮五凤二年五月，阳羡县离里山大石自立。是时，孙皓承废故之家，得复其位之应也。

七十六

吴孙休永安四年，安吴民陈焦死七日复生，穿冢出。乌程孙皓承废故之家，得位之祥也。

七十七

孙休后，衣服之制，上长下短。又积领五六，而裳居一二。盖上饶奢，下俭逼；上有馀，下不足之象也。

卷 七

一

初，汉元、成之世，先识之士有言曰："魏年有和，当有开石于西三千馀里，系五马，文曰'大讨曹'。"及魏之初兴也，张掖之柳谷有开石焉。始见于建安，形成于黄初，文备于太和。周围七寻，中高一仞。苍质素章，龙马、麟鹿、凤皇、仙人之象，粲然咸著。此一事者，魏、晋代兴之符也。

至晋泰始三年，张掖太守焦胜上言："以留郡本国图校今石文，文字多少不同，谨具图上。"案其文有五马象：其一有人平上帻，执戟而乘之；其一有若马形而不成，其字有"金"，有"中"，有"大司马"，有"王"，有"大吉"，有"正"，有"开寿"；其一成行，曰"金当取之"。

二

晋武帝泰始初，衣服上俭下丰，着衣者皆厌腰。此君衰弱、臣放纵之象也。至元康末，妇人出两裆，加乎交领之上，此内出外也。为车乘者，苟贵轻细，又数变易其形，皆以白篾为纯，盖古丧车之遗象，晋之祸征也。

三

胡床、貊槃，翟之器也；羌煮、貊炙，翟之食也。自太始以来，中国尚之。贵人富室，必畜其器，吉享嘉宾，皆以为先。戎、翟侵中国之前兆也。

四

晋太康四年，会稽郡蟛蚑及蟹皆化为鼠，其众覆野，大食稻为灾。始成，有毛肉而无骨，其行不能过田畻。数日之后，则皆为牝。

五

太康五年正月，二龙见武库井中。武库者，帝王威御之器所宝藏也，屋宇邃密，非龙所处。是后七年，藩王相害。二十八年，果有二胡僭窃神器，皆字曰“龙”。

六

晋武帝太康六年，南阳获两足虎。虎者，阴精而居乎阳，金兽也。南阳，火名也。金精入火而失其形，王室乱之妖也。其七年十一月（景）〔丙〕辰，四角兽见于河间。天戒若曰：“角，兵象也；四者，四方之象。当有兵革起于四方。”后河间王遂连四方之兵，作为乱阶。

七

太康九年，幽州塞北有死牛头语。时帝多疾病，深以后事为念，而付托不以至公。思瞀乱之应也。

八

太康中，有鲤鱼二枚现武库屋上。武库，兵府；鱼有鳞甲，亦是兵之类也。鱼既极阴，屋上太阳，鱼现屋上，象至阴以兵革之祸干太阳也。及惠帝初，诛皇后父杨骏，矢交宫阙，废后为庶人，死于幽宫。元康之末，而贾后专制，谤杀太子，寻亦诛废。十年之间，母后之难再兴，是其应也。自是祸乱构矣。京房《易妖》曰："鱼去水，飞入道路，兵且作。"

九

初作屐者，妇人圆头，男子方头，盖作意欲别男女也。至太康中，妇人皆方头屐，与男无异，此贾后专妒之征也。

十

晋时妇人结发者，既成，以缯急束其环，名曰撷子髻。始自宫中，天下翕然化之也。其末年，遂有怀、惠之事。

十一

太康中，天下为《晋世宁》之舞。其舞抑手以执杯盘而反覆之，歌曰："晋世宁，舞杯盘。"反覆，至危也。杯盘，酒器也。而名曰"晋世宁"者，言时人苟且饮食之间，而其智不可及远，如器在手也。

十二

太康中，天下以毡为絔头及络带、裤口。于是百姓咸相戏曰："中国其必为胡所破也。"夫毡，胡之所产者也，而天下以为絔头、带身、裤口。胡既三制之矣，能无败乎？

十三

太康末，京洛为《折杨柳》之歌，其曲始有兵革苦辛之辞，终以擒获斩截之事。自后杨骏被诛，太后幽死，杨柳之应也。

十四

晋武帝太熙元年，辽东有马生角，在两耳下，长三寸。及帝晏驾，王室毒于兵祸。

十五

晋惠帝元康中，妇人之饰有五佩兵。又以金、银、象角、玳瑁之属为斧、钺、戈、戟，而载之以当笄。男女之别，国之大节，故服食异等。今妇人而以兵器为饰，盖妖之甚者也。于是遂有贾后之事。

十六

晋元康三年闰二月，殿前六钟皆出涕，五刻乃止。前年贾后杀杨太后于金墉城，而贾后为恶不悛，故钟出涕，犹伤之也。

十七

惠帝之世，京洛有人一身而男女二体，亦能两用人道，而性尤好淫。天下兵乱，由男女气乱而妖形作也。

十八

惠帝元康中，安丰有女子曰周世宁，年八岁，渐化为男。至十七八，而气性成。女体化而不尽，男体成而不彻，畜妻而无子。

十九

元康五年三月，临淄有大蛇，长十许丈，负二小蛇，入城北门，径从市入汉阳城景王祠中，不见。

二十

元康五年三月，吕县有流血，东西百馀步。其后八载，而封云乱徐州，杀伤数万人。

二十一

元康七年，霹雳破城南高禖石。高禖，宫中求子祠也。贾后妒忌，将杀怀、愍，故天怒贾后，将诛之应也。

二十二

元康中，天下始相效为乌杖以柱掖。其后稍施其镦，住则植之。及怀、愍之世，王室多故，而中都丧败。元帝以藩臣树德东方，维持天下，柱掖之应也。

二十三

元康中，贵游子弟相与为散发倮身之饮，对弄婢妾。逆之者伤好，非之者负讥，希世之士，耻不与焉，胡、狄侵中国之萌也。其后遂有二胡之乱。

二十四

惠帝太安元年，丹阳湖熟县夏架湖，有大石浮二百步而登岸。百姓惊叹，相告曰："石来！"寻而石冰入建邺。

二十五

太安元年四月，有人自云龙门入殿前，北面再拜曰："我当作中书监。"即收斩之。禁庭尊秘之处，今贱人竟入，而门卫不觉者，宫室将虚，下人逾上之妖也。是后帝迁长安，宫阙遂空焉。

二十六

太安中，江夏功曹张骋所乘牛忽言曰："天下方乱，吾甚极(为)〔焉〕，乘我何之？"骋及从者数人皆惊怖，因绐之曰："令汝还，勿复言。"乃中道还。至家，未释驾，又言曰："归何早也？"骋益忧惧，秘而不言。安陆县有善卜者，骋从之卜。卜者曰："大凶。非一家之祸，天下将有兵起，一郡之内，皆破亡乎！"骋还家，牛又人立而行，百姓聚观。

其秋，张昌贼起，先略江夏，诳曜百姓。以汉祚复兴，有凤凰之瑞，圣人当世，从军者皆绛抹头，以彰火德之祥。百姓波荡，从乱如归。骋兄弟并为将军都尉，未几而败。于是一郡破残，死伤过半，而骋家族矣。京房《易妖》曰：“牛能言，如其言，占吉凶。”

二十七

元康、太安之间，江淮之域有败屩自聚于道，多者至四五十量。人或散去之，投林草中。明日视之，悉复如故。或云见狸衔而聚之。世之所说：“屩者，人之贱服，而当劳辱，下民之象也。败者，疲弊之象也。道者，地（里）〔理〕，四方所以交通，王命所由往来也。今败屩聚于道者，象下民疲病，将相聚为乱，绝四方而壅王命也。”

二十八

晋惠帝永兴元年，成都王之攻长沙也，反军于邺，内外陈兵。是夜，戟锋皆有火光，遥望如悬烛，就视则亡焉。其后终以败亡。

二十九

晋怀帝永嘉元年，吴郡吴县万详婢生一子，鸟头，两足，马蹄，一手，无毛，尾黄色，大如碗。

三　十

永嘉五年，枹罕令严根婢产一龙、一女、一鹅。京房《易传》

曰:“人生他物，非人所见者，皆为天下大兵。”时帝承惠帝之后，四海沸腾，寻而陷于平阳，为逆胡所害。

三十一

永嘉五年，吴郡嘉兴张林家有狗忽作人言，云天下人俱饿死。于是果有二胡之乱，天下饥荒焉。

三十二

永嘉五年十一月，有蝘鼠出延陵。郭璞筮之，遇“临”之“益”，曰:“此郡之东县，当有妖人欲称制者，寻亦自死矣。”

三十三

永嘉六年正月，无锡县欻有四枝茱萸树相樛而生，状若连理。先是，郭璞筮延陵蝘鼠，遇“临”之“益”，曰:“后当复有妖树生，若瑞而非，辛螫之木也。倘有此，东西数百里必有作逆者。”及此生木，其后吴兴徐馥作乱，杀太守袁琇。

三十四

永嘉中，寿春城内有豕生人，两头，而不活。周馥取而观之，识者云:“豕，北方畜，胡、狄象。两头者，无上也。生而死，不遂也。”天戒若曰:“易生专利之谋，将自致倾覆也。”俄为元帝所败。

三十五

永嘉中，士大夫竞服生笺单衣。识者怪之，曰：“此古练缫之布，诸侯所以服天子也。今无故服之，殆有应乎?”其后怀、愍晏驾。

三十六

昔魏武军中，无故作白帢，此缟素凶丧之征也。初，横缝其前以别后，名之曰“颜帢”，传行之。至永嘉之间，稍去其缝，名“无颜帢”。而妇人束发，其缓弥甚，紒之坚不能自立，发被于额，目出而已。无颜者，愧之言也。覆额者，惭之貌也。其缓弥甚者，言天下亡礼与义，放纵情性，及其终极，至于大耻也。其后二年，永嘉之乱，四海分崩，下人悲难，无颜以生焉。

三十七

晋愍帝建兴四年，西都倾覆，元皇帝始为晋王，四海宅心。其年十月二十二日，新蔡县吏任乔妻胡氏，年二十五，产二女，相向，腹心合，自腰以上，脐以下，各分。此盖天下未一之妖也。时内史吕会上言：“按《瑞应图》云：‘异根同体，谓之连理；异亩同颖，谓之嘉禾。’草木之属，犹以为瑞，今二人同心，天垂灵象，故《易》云：‘二人同心，其利断金。’休显见生于（陈）

〔陕〕东之国，盖四海同心之瑞。不胜喜跃，谨画图上。”时有识者哂之。

君子曰：“知之难也。以臧文仲之才，犹祀爰居焉。布在方册，千载不忘。故士不可以不学。古人有言：‘木无枝谓之瘣，人不学谓之瞽。’当其所蔽，盖阙如也。可不勉乎！”

三十八

晋元帝建武元年六月，扬州大旱。十二月，河东地震。去年十二月，斩督运令史淳于伯，血逆流，上柱二丈三尺，旋复下流四尺五寸。是时淳于伯冤死，遂频旱三年。刑罚妄加，群阴不附，则阳气胜之，罚又冤气之应也。

三十九

晋元帝建武元年七月，晋陵东门有牛生犊，一体两头。京房《易传》曰：“牛生子，二首一身，天下将分之象也。”

四　十

元帝太兴元年四月，西平地震，涌水出。十二月，庐陵、豫章、武昌、西陵地震，涌水出，山崩。此王敦陵上之应也。

四十一

太兴元年三月，武昌太守王谅有牛生子，两头八足，两尾共一腹。不能自生，十馀人以绳引之。子死，母活。其三年，后苑中有牛生子，一足三尾，生而即死。

四十二

太兴二年，丹阳郡吏濮阳演马生驹，两头，自项前别，生而死。此政在私门，二头之象也。其后王敦陵上。

四十三

太兴初，有女子其阴在腹，当脐下，自中国来至江东，其性淫而不产。又有女子，阴在首，居在扬州，亦性好淫。京房《易妖》曰："人生子，阴在首，则天下大乱；若在腹，则天下有事；若在背，则天下无后。"

四十四

太兴中，王敦镇武昌，武昌灾。火起，兴众救之，救于此而发于彼，东西南北数十处俱应，数日不绝。旧说所谓"滥灾妄起，虽兴师不能救之"之谓也。此臣而行君，亢阳失节。是时王敦陵上，有无君之心，故灾也。

四十五

太兴中，兵士以绛囊缚紒。识者曰："紒在首为乾，君道也。囊者为坤，臣道也。今以朱囊缚紒，臣道侵君之象也。"为衣者，上带短，才至于掖；着帽者，又以带缚项，下逼上，上无地也。为袴者，直幅无口，无杀，下大之象也。寻而王敦谋逆，再攻京师。

四十六

太兴四年，王敦在武昌，铃下仪仗生花，如莲花，五六日而萎落。说曰："《易》说：'枯杨生花，何可久也？'今狂花生枯木，又在铃阁之间，言威仪之富，荣华之盛，皆如狂花之发，不可久也。"其后王敦终以逆命，加戮其尸。

四十七

旧为羽扇柄者，刻木象其骨形，列羽用十，取全数也。初，王敦南征，始改为长柄，下出可捉，而减其羽，用八。识者尤之曰："夫羽扇，翼之名也。创为长柄，将执其柄，以制其羽翼也；改十为八，将未备夺已备也。此殆敦之擅权，以制朝廷之柄，又将以无德之材，欲窃非据也！"

四十八

晋明帝太宁初，武昌有大蛇，常居故神祠空树中，每出头从人受食。京房《易传》曰："蛇见于邑，不出三年，有大兵，国有大忧。"寻有王敦之逆。

卷　八

一

虞舜耕于历山，得玉历于河际之岩。舜知天命在己，体道不倦。舜龙颜大口，手握褒。宋均注曰：“握褒，手中有‘褒’字。喻从劳苦，受褒饬，致大祚也。”

二

汤既克夏，大旱七年，洛川竭。汤乃以身祷于桑林，翦其爪发，自以为牺牲，祈福于上帝。于是大雨即至，洽于四海。

三

吕望钓于渭阳，文王出游猎。占曰：“今日猎得一狩，非龙非螭，非熊非罴，合得帝王师。”果得太公于渭之阳。与语，大悦，同车载而还。

四

武王伐纣，至河上雨甚，疾雷晦冥，扬波于河。众甚惧，武王曰：“余在，天下谁敢干余者！”风波立济。

五

鲁哀公十四年，孔子夜梦三槐之间，丰、沛之邦，有赤氤气起，乃呼颜回、子夏同往观之。驱车到楚西北范氏街，见刍儿打麟，伤其左前足，束薪而覆之。孔子曰：“儿来，汝姓为谁？”儿曰：“吾姓为赤松，名时乔，字受纪。”孔子曰：“汝岂有所见乎？”儿曰：“吾所见一禽，如麕，羊头，头上有角，其末有肉，方以是西走。”孔子曰：“天下已有主也，为赤刘，陈、项为辅。五星入井，从岁星。”儿发薪下麟，示孔子，孔子趋而往。麟向孔子，蒙其耳，吐三卷图，广三寸，长八寸，每卷二十四字。其言：“赤刘当起日周亡。赤气起，火耀兴，玄丘制命，帝卯金。”

六

孔子修《春秋》，制《孝经》，既成，斋戒，向北辰而拜，告备于天。天乃洪郁起白雾，摩地，白虹自上而下，化为黄玉，长三尺，上有刻文。孔子跪受而读之，曰：“宝文出，刘季握。卯金刀，在轸北。字禾子，天下服。”

七

秦穆公时，陈仓人掘地得物，若羊非羊，若猪非猪。牵以献穆公，道逢二童子。童子曰：“此名为媪，常在地食死人脑。若欲杀之，以柏插其首。”媪曰：“彼二童子名为陈宝，得雄者王，得雌者伯。”陈仓人舍媪，逐二童子。童子化为雉，飞入平林。陈仓人告穆公，穆公发徒大猎，果得其雌。又化为石，置之汧、渭之间。至文公时，为立祠陈宝。其雄者飞至南阳，今南阳雉县是其地也，秦欲表其符，故以名县。每陈仓祠时，有赤光长十馀丈，从雉县来，入陈仓祠中，有声殷殷如雄雉。其后光武起于南阳。

八

宋大夫邢史子臣明于天道。周敬王之三十七年，景公问曰：“天道其何祥?”对曰：“后五十年，五月丁亥，臣将死。死后五年，五月丁卯，吴将亡。亡后五年，君将终。终后四百年，邾王天下。”俄而皆如其言。所云“邾王天下”者，谓魏之兴也。邾，曹姓，魏亦曹姓，皆邾之后。其年数则错，未知邢史失其数耶?将年代久远，注记者传而有谬也?

九

吴以草创之国，信不坚固，边屯守将，皆质其妻子，名曰“保质”。童子少年，以类相与娱游者，日有十数。

孙休永安三年三月，有一异儿，长（曰）〔四〕尺馀，年可六、七岁，衣青衣，忽来从群儿戏。诸儿莫之识也，皆问曰：“尔谁家小儿，今日忽来?”答曰：“见尔群戏乐，故来耳。”详而视之，眼有光芒，爚爚外射。诸儿畏之，重问其故，儿乃答曰：“尔恐我乎？我非人也，乃荧惑星也。将有以告尔：三公归于司马。”

诸儿大惊，或走告大人。大人驰往观之，儿曰：“舍尔去乎！”耸身而跃，即以化矣。仰而视之，若曳一匹练以登天。大人来者，犹及见焉。飘飘渐高，有顷而没。

时吴政峻急，莫敢宣也。后四年而蜀亡，六年而魏废。二十一年而吴平，是归于司马也。

十

都水马武举戴洋为都水令史。洋请急还乡，将赴洛，梦神人谓之曰：“洛中当败，人尽南渡。后五年，扬州必有天子。”洋信之，遂不去。既而皆如其梦。

卷　九

一

后汉中兴初，汝南有应（枢）〔妪〕者，生四子而（尽）〔寡，昼〕见神光照社。（枢）〔妪〕见光，以问卜人。卜人曰："此天祥也，子孙其兴乎?"乃探得黄金。自是子孙宦学，并有才名。至玚，七世通显。

二

车骑将军巴郡冯绲，字鸿卿。初为议郎，发绶笥，有二赤蛇，可长二尺，分南北走，大用忧怖。许季山孙宪，字宁方，得其先人秘要。绲请使卜。云："此吉祥也。君后三岁当为边将，东北四五〔千〕里，官以东为名。"后五年，从大将军南征。居无何，拜尚书郎、辽东太守、南征将军。

三

常山张颢为梁州牧。天新雨后，有鸟如山鹊，飞翔入市，忽然坠地，人争取之，化为圆石。颢椎破之，得一金印，文曰"忠孝侯印"，颢以上闻，藏之秘府。后议郎汝南樊衡夷上言："尧、舜时旧有此官，今天降印，宜可复置。”颢后官至太尉。

四

京兆长安有张氏，独处一室，有鸠自外入，止于床。张氏祝曰：“鸠来，为我祸也，飞上承尘；为我福也，即入我怀。”鸠飞入怀。以手探之，则不知鸠之所在，而得一金钩，遂宝之。自是子孙渐富，资财万倍。蜀贾至长安，闻之，乃厚赂婢，婢窃钩与贾。张氏既失钩，渐渐衰耗。而蜀贾亦数罹穷厄，不为己利。或告之曰：“天命也，不可力求。”于是赍钩以反张氏，张氏复昌。故关西称“张氏传钩”云。

五

汉征和三年三月，天大雨。何比干在家，日中，梦贵客车骑满门。觉以语妻，语未已，而门有老妪，可八十馀，头白，求寄避雨。雨甚而衣不沾渍。雨止，送至门。乃谓比干曰：“公有阴德，今天锡君策，以广公之子孙。”因出怀中符策，状如简，长九寸，凡九百九十枚，以授比干，曰：“子孙佩印绶者，当如此算。”

六

魏舒，字阳元，任城樊人也。少孤，尝诣野王，主人妻夜产，俄而闻车马之声，相问曰：“男也？女也？”曰：“男。”“书之，十五以兵死。”复问：“寝者为谁？”曰：“魏公。”舒后十五载，

(诸)〔诣〕主人，问所生儿何在。曰："因条桑，为斧伤而死。"舒自知当为公矣。

七

贾谊为长沙王太傅，四月庚子日，有鵩鸟飞入其舍，止于坐隅，良久乃去。谊发书占之，曰："野鸟入室，主人将去。"谊忌之，故作《鵩鸟赋》，齐死生而等祸福，以致命定志焉。

八

王莽居摄。东郡太守翟义知其将篡汉，谋举义兵。兄宣，教授，诸生满堂。群鹅雁数十在中庭，有狗从外入，啮之，皆死。惊救之，皆断头。狗走出门，求不知处，宣大恶之。数日，莽夷其三族。

九

魏司马太傅懿平公孙渊，斩渊父子。先时，渊家数有怪，一犬着冠帻绛衣上屋，欻有一儿蒸死甑中。襄平北市生肉，长围各数尺，有头目口喙，无手足而动摇。占者曰："有形不成，有体无声，其国灭亡。"

十

吴诸葛恪征淮南归，将朝会之夜，精爽扰动，通夕不寐。严毕趋出，犬衔引其衣。恪曰：“犬不欲我行也。”出仍入坐。少顷复起，犬又衔衣，恪（今）〔令〕从者逐之。及入，果被杀。

其妻在室，语使婢曰：“尔何故血臭?”婢曰：“不也。”有顷，愈剧。又问婢曰：“汝眼目瞻视，何以不常?”婢蹶然起跃，头至于栋，攘臂切齿而言曰：“诸葛公乃为孙峻所杀。”于是大小知恪死矣，而吏兵寻至。

十一

吴戍将邓喜，杀猪祠神，治毕悬之。忽见一人头往食肉，喜引弓射，中之，咋咋作声，绕屋三日。后人白喜谋叛，合门被诛。

十二

贾充伐吴时，常屯项城，军中忽失充所在。充帐下都督周勤时昼寝，梦见百馀人录充，引入一径。勤惊觉，闻失充，乃出寻索，忽睹所梦之道，遂往求之，果见充。

行至一府舍，侍卫甚盛，府公南面坐，声色甚厉，谓充曰：“将乱吾家事者，必尔与荀勖。既惑吾子，又乱吾孙。间使任恺黜汝而不去，又使庾纯詈汝而不改。今吴寇当平，汝方表斩张华。汝之暗戆，皆此类也。若不悛慎，当旦夕加诛。”充因叩头流血。

府公曰："汝所以延日月而名器若此者，是卫府之勋耳。终当使系嗣死于钟虡之间，大子毙于金酒之中，小子困于枯木之下。荀勖亦宜同，然其先德小浓，故在汝后。数世之外，国嗣亦替。"言毕命去。

充忽然得还营，颜色憔悴，性理昏错，经日乃复。至后，谧死于钟下，贾后服金酒而死，贾午考竟，用大杖终，皆如所言。

十三

庾亮，字文康，鄢陵人，镇荆州。登厕，忽见厕中一物，如方相，两眼尽赤，身有光耀，渐渐从土中出。乃攘臂以拳击之，应手有声，缩入地，因而寝疾。术士戴洋曰："昔苏峻事，公于白石祠中祈福，许赛其牛，从来未解，故为此鬼所考，不可救也。"明年，亮果亡。

十四

东阳刘宠，字道弘，居于湖熟。每夜，门庭自有血数升，不知所从来，如此三四。后宠为折冲将军，见遣北征。将行，而炊饭尽变为虫。其家人蒸（炒）〔耖〕，亦变为虫，其火愈猛，其虫愈壮。宠遂北征，军败于坛丘，为徐龛所杀。

卷　十

一

汉和熹邓皇后尝梦登梯以扪天，体荡荡正清滑，有若钟乳状，乃仰噏饮之。以讯诸占梦，言："尧梦攀天而上，汤梦及天舐之，斯皆圣王之前占也。吉不可言。"

二

孙坚夫人吴氏，孕而梦月入怀，已而生策。及权在孕，又梦日入怀。以告坚曰："妾昔怀策，梦月入怀。今又梦日，何也?"坚曰："日月者，阴阳之精，极贵之象。吾子孙其兴乎?"

三

汉蔡茂，字子礼，河内怀人也。初在广汉，梦坐大殿，极上有禾三穗，茂取之，得其中穗，辄复失之。以问主簿郭贺，贺曰："大殿者，官府之形象也；极而有禾，人臣之上禄也；取中穗，是中台之象也。于字，"禾"、"失"为"秩"，虽曰失之，乃所以禄也。衮职有阙，君其补之。"旬月而茂征焉。

四

周擥啧者，贫而好道。夫妇夜耕，困息卧，梦天公过而哀之，敕外有以给与。司命按录籍云："此人相贫，限不过此。唯有张车子应赐钱千万，车子未生，请以借之。"天公曰："善。"曙觉言之，于是夫妇戮力，昼夜治生，所为辄得，赀至千万。

先时有张妪者，尝往周家佣赁，野合有身。月满当孕，便遣出外，驻车屋下，产得儿。主人往视，哀其孤寒，作粥糜食之，问："当名汝儿作何?"妪曰："今在车屋下而生，梦天告之，名为车子。"周乃悟曰："吾昔梦从天换钱，外白以张车子钱贷我，必是子也。财当归之矣。"自是居日衰减。车子长大，富于周家。

五

夏阳卢汾，字士济，梦入蚁穴，见堂宇三间，势甚危豁。题其额曰"审雨堂"。

六

吴选曹令史刘卓病笃，梦见一人，以白越单衫与之，言曰："汝着衫污，火烧便洁也。"卓觉，果有衫在侧，污辄火浣之。

七

淮南书佐刘雅，梦见青刺蜴从屋落其腹内，因苦腹痛病。

八

后汉张奂为武威太守。其妻梦（帝与）〔带奂〕印绶，登楼而歌。觉以告奂，奂令占之，曰："夫人方生男，后临此郡，命终此楼。"后生子猛。建安中，果为武威太守，杀刺史邯郸商，州兵围急，猛耻见擒，乃登楼自焚而死。

九

汉灵帝梦见桓帝怒曰："宋皇后有何罪过，而听用邪孽，使绝其命？勃海王悝既已自贬，又受诛毙。今宋氏及悝，自诉于天，上帝震怒，罪在难救。"梦殊明察。帝既觉而恐，寻亦崩。

十

吴时，嘉兴徐伯始病，使道士吕石安神座。石有弟子戴本、王思二人，居住海盐，伯始迎之以助。石昼卧，梦上天北斗门下，见外鞍马三匹，云："明日当以一迎石，一迎本，一迎思。"石梦觉，语本、思云："如此，死期〔至〕。可急还，与家别。"不卒事而去。伯始怪而留之。曰："惧不得见家也。"间一日，三人同时死。

十一

会稽谢奉与永嘉太守郭伯猷善。谢忽梦郭与人于浙江上争樗蒲钱，因为水神所责，堕水而死，已营理郭凶事。及觉，即往郭许，共围棋。良久，谢云："卿知吾来意否?"因说所梦。郭闻之怅然，云："吾昨夜亦梦与人争钱，如卿所梦，何期太的的也!"须臾如厕，便倒气绝。谢为凶具，一如其梦。

十二

嘉兴徐泰幼丧父母，叔父隗养之，甚于所生。隗病，泰营侍甚勤。是夜三更中，梦二人乘船持箱，上泰床头，发箱，出簿书示曰："汝叔应死。"泰即于梦中叩头祈请。良久，二人曰："汝县有同姓名人否?"泰思得，语二人云："张隗，不姓徐。"二人云："亦可强逼。念汝能事叔父，当为汝活之。"遂不复见。泰觉，叔病乃差。

卷十一

一

楚熊渠子夜行，见寝石，以为伏虎，弯弓射之，没金铩羽。下视，知其石也，因复射之，矢摧无迹。汉世复有李广，为右北平太守，射虎得石，亦如之。刘向曰：“诚之至也，而金石为之开，况于人乎？夫唱而不和，动而不随，中必有不全者也。夫不降席而匡天下者，求之己也。”

二

楚王游于苑，白猿在焉，王令善射者射之。矢数发，猿搏矢而笑。乃命由基，由基抚弓，猿即抱木而号。及六国时，更嬴谓魏王曰：“臣能为虚发而下鸟。”魏王曰：“然则，射可至于此乎？”嬴曰：“可。”有顷，闻雁从东方来，更嬴虚发而鸟下焉。

三

齐景公渡于江沅之河，鼋衔左骖没之，众皆惊惕。古冶子于是拔剑从之，邪行五里，逆行三里，至于砥柱之下。杀之，乃鼋也。左手持鼋头，右手拔左骖，燕跃鹄踊而出。仰天大呼，水为逆流三百步，观者皆以为河伯也。

四

楚干将、莫邪为楚王作剑，三年乃成。王怒，欲杀之。剑有雌雄。其妻重身当产，夫语妻曰："吾为王作剑，三年乃成。王怒，往必杀我。汝若生子是男，大，告之曰：'出户望南山，松生石上，剑在其背。'"于是即将雌剑往见楚王。王大怒，使相之："剑有二，一雄一雌。雌来，雄不来。"王怒，即杀之。

莫邪子名赤比，后壮，乃问其母曰："吾父所在？"母曰："汝父为楚王作剑，三年乃成。王怒杀之。去时嘱我：'语汝子：出户望南山，松生石上，剑在其背。'"于是子出户南望，不见有山，但睹堂前松柱下，石砥之上，即以斧破其背，得剑。日夜思欲报楚王。

王梦见一儿，眉间广尺，言欲报仇，王即购之千金。儿闻之，亡去，入山行歌。客有逢者，谓："子年少，何哭之甚悲耶？"曰："吾干将、莫邪子也。楚王杀吾父，吾欲报之！"客曰："闻王购子头千金，将子头与剑来，为子报之。"儿曰："幸甚！"即自刎，两手捧头及剑奉之，立僵。客曰："不负子也。"于是尸乃仆。

客持头往见楚王，王大喜。客曰："此乃勇士头也。当于汤镬煮之。"王如其言。煮头三日三夕，不烂，头踔出汤中，踬目大怒。客曰："此儿头不烂，愿王自往临视之，是必烂也。"王即临之。客以剑拟王，王头随堕汤中。客亦自拟己头，头复堕汤中。三首俱烂，不可识别。乃分其汤肉葬之，故通名"三王墓"。今在汝南北宜春县界。

五

汉武时，苍梧贾雍为豫章太守，有神术。出界讨贼，为贼所杀，失头，上马回，营中咸走来视雍。雍胸中语曰："战不利，为贼所伤。诸君视有头佳乎？无头佳乎？"吏涕泣曰："有头佳。"雍曰："不然，无头亦佳。"言毕，遂死。

六

渤海太守史良（姊）〔好〕一女子，许嫁而不果。良怒，杀之，断其头而归，投于灶下，曰："当令火葬。"头语曰："使君，我相从，何图当尔！"后梦见曰："还君物。"觉而得昔所与香缨金钗之属。

七

周灵王时，苌宏见杀。蜀人因藏其血，三年乃化而为碧。

八

汉武帝东游，未出函谷关，有物当道，身长数丈，其状象牛，青眼而曜睛，四足入土，动而不徙。百官惊骇，东方朔乃请以酒灌之，灌之数十斛而物消。帝问其故，答曰："此名为患，忧气之所生也。此必是秦之狱地，不然，则罪人徒作之所聚。夫酒忘忧，故能消之也。”帝曰：“吁！博物之士，至于此乎！”

九

后汉谅辅，字汉儒，广汉新都人。少给佐吏，浆水不交。为从事，大小毕举，郡县敛手。

时夏枯旱，太守自曝中庭，而雨不降。辅以五官掾出祷山川，自誓曰：“辅为郡股肱，不能进谏纳忠，荐贤退恶，和调百姓，至令天地否隔，万物枯焦，百姓喁喁，无所控诉，咎尽在辅。今郡太守内省责己，自曝中庭，使辅谢罪，为民祈福，精诚恳到，未有感彻。辅今敢自誓，若至日中无雨，请以身塞无状。”

乃积薪柴，将自焚焉。至日中时，山气转黑起，雷雨大作，一郡沾润。世以此（稍）〔称〕其至诚。

十

何敞，吴郡人。少好道艺，隐居。里以大旱，民物憔悴，太守庆洪遣户曹掾致谒，奉印绶，烦守无锡。敞不受，退，叹而言曰：“郡界有灾，安能得怀道？”因跋涉之县，驻明星屋中。蝗蝝消死，敞即遁去。后举方正、博士，皆不就，卒于家。

十一

后汉徐栩，字敬卿，吴由拳人。少为狱吏，执法详平。为小黄令时，属县大蝗，野无生草，过小黄界，飞逝不集。刺史行部，责栩不治。栩弃官，蝗应声而至。刺史谢，令还寺舍，蝗即飞去。

十二

王业，字子香，汉和帝时为荆州刺史。每出行部，沐浴斋素，以祈于天地："当启佐愚心，无使有枉百姓。"在州七年，惠风大行，苛慝不作，山无豺狼。卒于湘江，有二白虎低头曳尾，宿卫其侧。及丧去，虎逾州境，忽然不见。民共为立碑，号曰"湘江白虎墓"。

十三

吴时，葛祚为衡阳太守。郡境有大槎横水，能为妖怪。百姓为立庙，行旅祷祀，槎乃沉没，不者槎浮，则船为之破坏。祚将去官，乃大具斧斤，将去民累。明日当至。其夜，闻江中汹汹有人声，往视之，槎乃移去，沿流下数里，驻湾中。自此行者无复沉覆之患。衡阳人为祚立碑，曰："正德祈禳，神木为移。"

十四

曾子从仲尼在楚而心动，辞归问母。母曰："思尔啮指。"孔子曰："曾参之孝，精感万里。"

十五

周畅性仁慈。少至孝，独与母居。每出入，母欲呼之，常自啮其手，畅即觉手痛而至。治中从事未之信，候畅在田，使母啮手，而畅即归。元初二年，为河南尹，时夏大旱，久祷无应。畅收葬洛阳城旁客死骸骨万馀，为立义冢，应时澍雨。

十六

王祥，字休征，琅邪人。性至孝。早丧亲，继母朱氏不慈，数谮之。由是失爱于父，每使扫除牛下。父母有疾，衣不解带。母常欲生鱼，时天寒冰冻，祥解衣，将剖冰求之，冰忽自解，双鲤跃出，持之而归。母又思黄雀炙，复有黄雀数十入其幕，复以供母。乡里惊叹，以为孝感所至。

十七

王延性至孝。继母卜氏，尝盛冬思生鱼，敕延求而不获，杖之流血。延寻汾，叩凌而哭。忽有一鱼，长五尺，跃出冰上，延取以进母。卜氏食之，积日不尽，于是心悟，抚延如己子。

十八

楚僚早失母，事后母至孝。母患痈肿，形容日悴，僚自徐徐吮之，血出，迨夜即得安寝。乃梦一小儿语母曰："若得鲤鱼食之，其病即差，可以延寿。不然，不久死矣。"母觉而告僚。时十二月冰冻，僚乃仰天叹泣，脱衣上冰卧之。有一童子，决僚卧处，冰忽自开，一双鲤鱼跃出。僚将归奉其母，病即愈，寿至一百三十三岁。盖至孝感天神，昭应如此，此与王祥、王延事同。

十九

盛彦，字翁子，广陵人。母王氏，因疾失明，彦躬自侍养。母食，必自哺之。母疾既久，至于婢使，数见捶挞。婢忿恨，闻彦暂行，取蛴螬炙饴之。母食，以为美，然疑是异物，密藏以示彦。彦见之，抱母恸哭，绝而复苏。母目豁然即开，于此遂愈。

二十

颜含，字弘都。次嫂樊氏，因疾失明，医人疏方，须蚺蛇胆，而寻求备至，无由得之。含忧叹累时。尝昼独坐，忽有一青衣童子，年可十三四，持一青囊授含。含开视，乃蛇胆也。童子逡巡出户，化成青鸟飞去。得胆药成，嫂病即愈。

二十一

郭巨，隆虑人也，一云河内温人。兄弟三人，早丧父。礼毕，二弟求分。以钱二千万，二弟各取千万。巨独与母居客舍，夫妇佣赁，以给（公）〔供〕养。

居有顷，妻产男。巨念与儿妨事亲，一也；老人得食，喜分儿孙，减馔，二也。乃于野凿地，欲埋儿。得石盖，下有黄金一釜，中有丹书，曰："孝子郭巨，黄金一釜，以用赐汝。"于是名振天下。

二十二

新兴刘殷，字长盛。七岁丧父，哀毁过礼。服丧三年，未尝见齿。事曾祖母王氏。尝夜梦人谓之曰："西篱下有粟。"寤而掘之，得粟十五钟。铭曰："七年粟百石，以赐孝子刘殷。"自是食之，七岁方尽。及王氏卒，夫妇毁瘠，几至灭性。时柩在殡而西邻失火，风势甚猛，殷夫妇叩殡号哭，火遂灭。后有二白鸠来，巢其（树庭）〔庭树〕。

二十三

杨公伯雍，洛阳县人也，本以侩卖为业。性笃孝，父母亡，葬无终山，遂家焉。山高八十里，上无水，公汲水，作义浆于坂头，行者皆饮之。三年，有一人就饮，以一斗石子与之，使至高平好地有石处种之，云："玉当生其中。"杨公未娶，又语云："汝后当得好妇。"语毕不见。乃种其石。数岁，时时往视，见玉子生石上，人莫知也。

有徐氏者，右北平著姓，女甚有行，时人求，多不许。公乃试求徐氏，徐氏笑以为狂，因戏云："得白璧一双来，当听为婚。"公至所种玉田中，得白璧五双，以聘。徐氏大惊，遂以女妻公。

天子闻而异之，拜为大夫。乃于种玉处，四角作大石柱，各一丈，中央一顷地，名曰“玉田”。

二十四

衡农，字剽卿，东平人也。少孤，事继母至孝。常宿于他舍，值雷风，频梦虎啮其足。农呼妻相出于庭，叩头三下，屋忽然而坏，压死者三十馀人，唯农夫妻获免。

二十五

罗威，字德仁。八岁丧父，事母性至孝。母年七十，天大寒，常以身自温席，而后授其处。

二十六

王裒，字伟元，城阳营陵人也。父仪，为文帝所杀。裒庐于墓侧，旦夕常至墓所拜跪，攀柏悲号。涕泣着树，树为之枯。母性畏雷，母没，每雷，辄到墓曰：“裒在此。”

二十七

郑弘迁临淮太守。郡民徐宪在丧致哀，有白鸠巢户侧。弘举为孝廉，朝廷称为“白鸠郎”。

二十八

汉时，东海孝妇养姑甚谨。姑曰："妇养我勤苦。我已老，何惜馀年久累年少?"遂自缢死。其女告官云："妇杀我母。"官收系之，拷掠毒治。孝妇不堪苦楚，自诬服之。时于公为狱吏，曰："此妇养姑十馀年，以孝闻彻，必不杀也。"太守不听。于公争不得理，抱其狱词，哭于府而去。

自后郡中枯旱，三年不雨。后太守至，于公曰："孝妇不当死，前太守枉杀之，咎当在此。"太守即时身祭孝妇冢，因表其墓。天立雨，岁大熟。

长老传云：孝妇名周青，青将死，车载十丈竹竿，以悬五旛，立誓于众曰："青若有罪，愿杀，血当顺下；青若枉死，血当逆流。"既行刑已，其血青黄，缘旛竹而上极标，又缘旛而下云。

二十九

犍为叔先泥和，其女名雄。永建三年，泥和为县功曹，县长赵祉遣泥和拜檄谒巴郡太守。以十月乘船，于城湍堕水死，尸丧不得。雄哀恸号咷，命不图存，告弟贤及夫人，令勤觅父尸，若求不得，吾欲自沉觅之。时雄年二十七，有子男贡，年五岁；贳，年三岁。乃各作绣香囊一枚，盛以金珠环，预婴二子。哀号之声，不绝于口，昆族私忧。至十二月十五日，父丧不得，雄乘小船，于父堕处哭泣数声，竟自投水中，旋流没底。见梦告弟云："至二十一日，与父俱出。"至期如梦，与父相持，并浮出江。县长表言，郡太守肃登承上尚书，乃遣户曹掾为雄立碑，图象其形，令知至孝。

三十

河南乐羊子之妻者，不知何氏之女也，躬勤养姑。尝有他舍鸡谬入园中，姑盗杀而食之。妻对鸡不食而泣，姑怪问其故，妻曰："自伤居贫，使食有他肉。"姑竟弃之。后盗有欲犯之者，乃先劫其姑，妻闻，操刀而出。盗曰："释汝刀。从我者可全；不从我者，则杀汝姑！"妻仰天而叹，刎颈而死。盗亦不杀姑。太守闻之，捕杀盗贼，赐妻缣帛，以礼葬之。

三十一

庾衮，字叔褒。咸宁中大疫，二兄俱亡，次兄毗复殆。疠气方盛，父母诸弟皆出次于外，衮独留不去。诸父兄强之，乃曰："衮性不畏病。"遂亲自扶持，昼夜不眠；间复抚柩，哀临不辍。如此十馀旬，疫势既退，家人乃返。毗病得差，衮亦无恙。

三十二

宋康王舍人韩凭娶妻何氏，美，康王夺之。凭怨，王囚之，论为城旦。妻密遗凭书，缪其辞曰："其雨淫淫，河大水深，日出当心。"既而王得其书，以示左右，左右莫解其意。臣苏贺对曰："其雨淫淫，言愁且思也。河大水深，不得往来也。日出当心，心有死志也。”

俄而凭乃自杀，其妻乃阴腐其衣。王与之登台，妻遂自投台〔下〕，左右揽之，衣不中手而死。遗书于带曰：“王利其生，妾利其死。愿以尸骨，赐凭合葬。”王怒，弗听，使里人埋之，冢相望也。王曰：“尔夫妇相爱不已，若能使冢合，则吾弗阻也。”

宿昔之间，便有大梓木生于二冢之端，旬日而大盈抱，屈体相就，根交于下，枝错于上。又有鸳鸯，雌雄各一，恒栖树上，晨夕不去，交颈悲鸣，音声感人。宋人哀之，遂号其木曰“相思树”。相思之名起于此也。

南人谓此禽即韩凭夫妇之精魂。今睢阳有韩凭城，其歌谣至今犹存。

三十三

汉末，零阳郡太守史满有女，悦门下书佐，乃密使侍婢取书佐盥手残水饮之，遂有妊。已而生子。至能行，太守令抱儿出，使求其父。儿匍匐直入书佐怀中，书佐推之，仆地化为水。穷问之，具省前事，遂以女妻书佐。

三十四

鄱阳西有望夫冈。昔县人陈明与梅氏为婚，未成而妖魅诈迎妇去。明诣卜者，决云：“行西北五十里求之。”明如言，见一大穴，深邃无底，以绳悬入，遂得其妇，乃令妇先出，而明所将邻人秦文，遂不取明。其妇乃自誓执志，登此冈首而望其夫，因以名焉。

三十五

后汉南康邓元义，父伯考，为尚书仆射。元义还乡里，妻留事姑，甚谨。姑憎之，幽闭空室，节其饮食。羸露日困，终无怨言。时伯考怪而问之，元义子朗时方数岁，言母不病，但苦饥耳。伯考流涕曰："何意亲姑，反为此祸？"遣归家，更嫁为华仲妻。

仲为将作大匠，妻乘朝车出。元义于路旁观之，谓人曰："此我故妇，非有他过，家（天）〔夫〕人遇之实酷。本自相贵。"

其子朗，时为郎，母与书，皆不答，与衣裳，辄以烧之。母不以介意。母欲见之，乃至亲家李氏堂上，令人以他词请朗。朗至见母，再拜涕泣，因起出。母追谓之曰："我几死，自为汝家所弃，我何罪过，乃如此耶？"因此遂绝。

三十六

严遵为扬州刺史，行部，闻道旁女子哭声不哀。问所哭者谁，对云："夫遭烧死。"遵敕吏舁尸到，与语讫，语吏云："死人自道不烧死。"乃摄女，令人守尸，云："当有枉。"吏白："有蝇聚头所。"遵令披视，得铁锥贯顶。考问，以淫杀夫。

三十七

汉范式，字巨卿，山阳金乡人也，一名汜。与汝南张劭为友，劭字元伯，二人并游太学。后告归乡里，式谓元伯曰："后二年当还，将过拜尊亲，见孺子焉。"乃共克期日。

后期方至，元伯具以白母，请设馔以候之。母曰："二年之别，千里结言，尔何相信之审耶?"曰："巨卿信士，必不乖违。"母曰："若然，当为尔酝酒。"至期果到，升堂拜饮，尽欢而别。

后元伯寝疾甚笃，同郡（到）〔郅〕君章、殷子征晨夜省视之。元伯临终，叹曰："恨不见我死友。"子征曰："吾与君章尽心于子，是非死友，复欲谁求?"元伯曰："若二子者，吾生友耳；山阳范巨卿，所谓死友也。"寻而卒。

式忽梦见元伯玄冕垂缨，屣履而呼曰："巨卿，吾以某日死，当以尔时葬，永归黄泉。子未忘我，岂能相及?"式怳然觉悟，悲叹泣下，便服朋友之服，投其葬日，驰往赴之。未及到而丧已发引。既至圹，将窆，而柩不肯进。其母抚之曰："元伯，岂有望耶?"遂停柩。移时，乃见素车白马，号哭而来。其母望之曰："是必范巨卿也。"既至，叩丧言曰："行矣元伯，死生异路，永从此辞。"

会葬者千人，咸为挥涕。式因执绋而引，柩于是乃前。式遂留止冢次，为修坟树，然后乃去。

卷十二

一

天有五气，万物化成。木清则仁，火清则礼，金清则义，水清则智，土清则思，五气尽纯，圣德备也。木浊则弱，火浊则淫，金浊则暴，水浊则贪，土浊则顽，五气尽浊，民之下也。

中土多圣人，和气所交也；绝域多怪物，异气所产也。苟禀此气，必有此形；苟有此形，必生此性。故食谷者智慧而文，食草者多力而愚，食桑者有丝而蛾，食肉者勇[illegible]而悍，食土者无心而不息，食气者神明而长寿，不食者不死而神。

大腰无雄，细腰无雌。无雄外接，无雌外育。三化之虫，先孕后交；兼爱之兽，自为牝牡。寄生因夫高木，女萝托乎茯苓。木株于土，萍植于水。鸟排虚而飞，兽跖实而走。虫土闭而蛰，鱼渊潜而处。本乎天者亲上，本乎地者亲下，本乎时者亲旁：各从其类也。

千岁之雉，入海为蜃；百年之雀，入海为蛤；千岁龟鼋，能与人语；千岁之狐，起为美女；千岁之蛇，断而复续；百年之鼠，而能相卜：数之至也。春分之日，鹰变为鸠；秋分之日，鸠变为鹰：时之化也。

故腐草之为萤也，朽苇之为蛬也，稻之为蛩也，麦之为蝴蝶也，羽翼生焉，眼目成焉，心智在焉，此自无知化为有知而气易也。雀之为獐也，蛬之为虾也，不失其血气而形性变也。若此之类，不可胜论。

应变而动，是为顺常。苟错其方，则为妖眚。故下体生于上，上体生于下，气之反者也；人生兽，兽生人，气之乱者也；男化为女，女化为男，气之贸者也。鲁牛哀得疾，七日化而为虎，形体变易，爪牙施张，其兄启户而入，搏而食之。方其为人，不知其将为虎也；方其为虎，不知其常为人也。故晋太康中，陈留阮士瑀伤于虺，不忍其痛，数嗅其疮，已而双虺成于鼻中。元康中，历阳纪元载，客食道龟，已而成瘕，医以药攻之，下龟子数升，大如小钱，头足㲉备，文甲皆具，惟中药已死。夫妻非化育之气，鼻非胎孕之所，享道非下物之具。

从此观之，万物之生死也，与其变化也，非通神之思，虽求诸己，恶识所自来？然朽草之为萤，由乎腐也；麦之为蝴蝶，由乎湿也。尔则万物之变，皆有由也。农夫止麦之化者，沤之以灰；圣人理万物之化者，济之以道。其与不然乎？

二

季桓子穿井，获如土缶，其中有羊焉。使问之仲尼曰："吾穿井而获狗，何耶？"仲尼曰："以丘所闻，羊也。丘闻之，木石之怪，夔、蝄蜽；水中之怪，龙、罔象；土中之怪，曰贲羊。"《夏鼎志》曰："罔象，如三岁儿。赤目，黑色，大耳，长臂，赤爪，索缚则可得食。"王子曰："木精为游光，金精为清明也。"

三

晋惠帝元康中，吴郡娄县怀瑶家忽闻地中有犬声隐隐。视声发处，上有小窍，大如螾穴。瑶以杖刺之，入数尺，觉有物。乃掘视之，得犬子，雌雄各一，目犹未开，形大于常犬。哺之而食，左右咸往观焉。长老或云："此名犀犬，得之者令家富昌，宜当养之。"以目未开，还置窍中，覆以磨砻。宿昔发视，左右无孔，遂失所在。瑶家积年无他祸福。

至太兴中，吴郡太守张懋，闻斋内床下犬声，求而不得。既而地坼，有二犬子。取而养之，皆死。其后懋为吴兴兵沈充所杀。

《尸子》曰："地中有犬，名曰地狼；有人，名曰无伤。"《夏鼎志》曰："掘地而得狗，名曰贾；掘地而得豚，名曰邪；掘地而得人，名曰聚。聚，无伤也。此物之自然，无谓鬼神而怪之。然则贾与地狼名异，其实一物也。"《淮南（毕万）〔万毕〕》曰："千岁羊肝，化为地宰；蟾蜍得苽，卒时为鹑。"此皆因气化以相感而成也。

四

吴诸葛恪为丹阳太守，尝出猎，两山之间，有物如小儿，伸手欲引人。恪令伸之，乃引去故地，去故地即死。既而参佐问其故，以为神明。恪曰："此事在《白泽图》内，曰：'两山之间，其精如小儿，见人则伸手欲引人，名曰"傒囊"。引去故地则死。'无谓神明而异之，诸君偶未见耳！"

五

王莽建国四年，池阳有小人景，长一尺馀，或乘车，或步行，操持万物，大小各自相称，三日乃止。莽甚恶之。自后盗贼日甚，莽竟被杀。《管子》曰：“涸泽数百岁，谷之不徙、水之不绝者，生庆忌。庆忌者，其状若人，其长四寸，衣黄衣，冠黄冠，戴黄盖，乘小马，好疾驰。以其名呼之，可使千里外一日反报。”然池阳之景者，或庆忌也乎？又曰：“涸小水精，生蚳。蚳者，一头而两身，其状若蛇，长八尺。以其名呼之，可使取鱼鳖。”

六

晋扶风杨道和，夏于田中值雨，至桑树下，霹雳下击之，道和以锄格，折其股，遂落地，不得去。唇如丹，目如镜，毛角长三寸馀，状似六畜，头似猕猴。

七

秦时，南方有落头民，其头能飞。其种人部有祭祀，号曰“虫落”，故因取名焉。吴时，将军朱桓得一婢，每夜卧后，头辄飞去，或从狗窦，或从天窗中出入，以耳为翼，将晓复还，数数如此。旁人怪之，夜中照视，唯有身无头，其体微冷，气息裁属，乃蒙之以被。至晓头还，碍被，不得安，两三度堕地，噫咤甚愁，体气甚急，状若将死。乃去被，头复起，傅颈，有顷和平。桓以为大怪，畏不敢畜，乃放遣之。既而详之，乃知天性也。时南征大将亦往往得之。又尝有覆以铜盘者，头不得进，遂死。

八

江汉之域，有貙人。其先，禀君之苗裔也，能化为虎。长沙所属蛮县东高居民，曾作槛捕虎。槛发，明日众人共往格之，见一亭长赤帻大冠，在槛中坐。因问："君何以入此中?"亭长大怒曰："昨忽被县召，夜避雨，遂误入此中。急出我!"曰："君见召，不当有文书耶?"即出怀中召文书，于是即出之。寻视，乃化为虎，上山走。或云："貙虎化为人，好着紫葛衣，其足无踵。虎有五指者，皆是貙。"

九

蜀中西南高山之上，有物与猴相类，长七尺，能作人行，善走逐人，名曰"猳国"，一名"马化"，或曰"玃猨"。伺道行妇女有美者，辄盗取将去，人不得知。若有行人经过其旁，皆以长绳相引，犹故不免。此物能别男女气臭，故取女，男不取也。若取得人女，则为家室，其无子者，终身不得还。十年之后，形皆类之，意亦迷惑，不复思归。若有子者，辄抱送还其家。产子皆如人形，有不养者，其母辄死，故惧怕之，无敢不养。及长，与人不异，皆以杨为姓。故今蜀中西南多诸杨，率皆是猳国、马化之子孙也。

十

临川间诸山有妖物，来常因大风雨，有声如啸，能射人。其所着者，有顷便肿，大毒。有雌雄，雄急而雌缓。急者不过半日间，缓者经宿。其旁人常有以救之，救之少迟则死。俗名曰“刀劳鬼”。故外书云：“鬼神者，其祸福发扬之验于世者也。”《老子》曰：“昔之得一者：天得一以清，地得一以宁，神得一以灵，谷得一以盈，侯王得一以为天下贞。”然则天地鬼神，与我并生者也。气分则性异，域别则形殊，莫能相兼也。生者主阳，死者主阴，性之所托，各安其生，太阴之中，怪物存焉。

十一

越地深山中有鸟，大如鸠，青色，名曰“冶鸟”。穿大树作巢，如五六升器，户口径数寸，周饰以土垩，赤白相分，状如射侯。伐木者见此树，即避之去。或夜冥不见鸟，鸟亦知人不见，便鸣唤曰：“咄，咄，上去。”明日便宜急上。“咄，咄，下去。”明日便宜急下。若不使去，但言笑而不已者，人可止伐也。若有秽恶及其所止者，则有虎通夕来守，人不去，便伤害人。此鸟白日见其形，是鸟也；夜听其鸣，亦鸟也；时有观乐者，便作人形，长三尺，至涧中取石蟹、就（人）〔火〕炙之，人不可犯也。越人谓此鸟是越祝之祖也。

十二

南海之外有鲛人，水居如鱼，不废织绩，其眼泣则能出珠。

十三

庐江耽、枞阳二县境上，有大青、小青黑居，山野之中，时闻哭声，多者至数十人，男女大小，如始丧者。邻人惊骇，至彼奔赴，常不见人。然于哭地必有死丧，率声若多则为大家，声若小则为小家。

十四

庐江大山之间，有山都，似人，裸身，见人便走。有男女，可长四五丈，能呦相唤，常在幽昧之中，似魑魅鬼物。

十五

汉光武中平中，有物处于江水，其名曰“蜮”，一曰“短狐”，能含沙射人。所中者，则身体筋急，头痛发热，剧者至死。江人以术方抑之，则得沙石于肉中。《诗》所谓“为鬼为蜮，则不可（测）〔得〕”也。今俗谓之溪毒。先儒以为男女同川而浴，淫女为主，乱气所生也。

十六

汉永昌郡不（违）〔韦〕县有禁水，水有毒气，唯十一月、十二月差可渡涉。自正月至十月，不可渡，渡辄病，杀人。其气中有恶物，不见其形，其（似）〔作〕有声，如有所投击，（内）中木则折，中人则害，土俗号为“鬼弹”。故郡有罪人，徙之禁（防）〔旁〕，不过十日皆死。

十七

余外妇姊夫蒋士，有佣客，得疾下血。医以中蛊，乃密以蘘荷根布席下，不使知。乃狂言曰：“食我蛊者，乃张小小也。”乃呼小，小亡（云）〔去〕。今世攻蛊，多用蘘荷根，往往验。蘘荷或谓嘉草。

十八

鄱阳赵寿有犬蛊。时陈岑诣寿，忽有大黄犬六七群，出吠岑。后余相伯归与寿妇食，吐血几死，乃屑桔梗以饮之而愈。蛊有怪物，若鬼，其妖形变化，杂类殊种，或为狗豕，或为虫蛇，其人不自知其形状。行之于百姓，所中皆死。

十九

(荥)〔营〕阳郡有一家姓廖，累世为蛊，以此致富。后取新妇，不以此语之。遇家人咸出，唯此妇守舍。忽见屋中有大缸，妇试发之。见有大蛇，妇乃作汤，灌杀之。及家人归，妇具白其事，举家惊惋。未几，其家疾疫，死亡略尽。

卷十三

一

泰山之东有澧泉，其形如井，本体是石也。欲取饮者，皆洗心志，跪而挹之，则泉出如飞，多少足用。若或污漫，则泉止焉。盖神明之尝志者也。

二

二华之山，本一山也。当河，河水过之而曲行。河神巨灵以手擘开其上，以足蹈离其下，中分为两，以利河流。今观手迹于华岳上，指掌之形具在；脚迹在首阳山下，至今犹存。故张衡作《西京赋》，所称“巨灵赑屃，高掌远迹，以流河曲”是也。

三

汉武徙南岳之祭于庐江灊县霍山之上，无水。庙有四镬，可受四十斛，至祭时，水辄自满，用之足了，事毕即空，尘土树叶，莫之污也。积五十岁，岁作四祭，后但作三祭，一镬自败。

四

樊东之口有樊山，若天旱，以火烧山，即至大雨。今往往有验。

五

空（乘）〔桑〕之地，今名为孔（宝）〔窦〕，在鲁南山之穴。外有双石，如桓楹起立，高数丈。鲁人弦歌祭祀，穴中无水，每当祭时，洒扫以告，辄有清泉自石间出，足以周事。既已，泉亦止。其验至今存焉。

六

湘穴中有黑土，岁大旱，人则共壅水以塞此穴，穴淹则大雨立至。

七

秦惠王二十七年，使张仪筑成都城，屡颓。忽有大龟浮于江，至东子城东南隅而毙。仪以问巫，巫曰："依龟筑之。"便就，故名"龟化城"。

八

由拳县，秦时长水县也。始皇时，童谣曰：“城门有血，城当陷没为湖。”有妪闻之，朝朝往窥。门将欲缚之，妪言其故。后门将以犬血涂门，妪见血，便走去。忽有大水欲没县，主簿令干入白令。令曰：“何忽作鱼？”干曰：“明府亦作鱼。”遂沦为湖。

九

秦时，筑城于武周塞内以备胡，城将成而崩者数焉。有马驰走，周旋反复，父老异之。因依马迹以筑城，城乃不崩。遂名“马邑”。其故城今在朔州。

十

汉武帝凿昆明池，极深，悉是灰墨，无复土。举朝不解，以问东方朔。朔曰：“臣愚，不足以知之。（曰）〔可〕试问西域人。”帝以朔不知，难以移问。至后汉明帝时，西域道人入来洛阳。时有忆方朔言者，乃试以武帝时灰墨问之。道人云：“经云：‘天地大劫将尽，则劫烧。’此劫烧之馀也。”乃知朔言有旨。

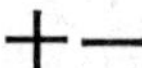

十一

临（汜）〔沅〕县有廖氏，世老寿。后移居，子孙辄残折。他人居其故宅，复累世寿。乃知是宅所为，不知何故。疑井水赤，乃掘井左右，得古人埋丹沙数十斛。丹汁入井，是以饮水而得寿。

十二

江东名馀腹者，昔吴王阖闾江行，食脍有馀，因弃中流，悉化为鱼。今鱼中有名吴王脍馀者，长数寸，大者如箸，犹有脍形。

十三

螃蟹，蟹也。尝通梦于人，自称“长卿”。今临海人多以“长卿”呼之。

十四

南方有虫，名蟓蝺，一名蝍蠋，又名青蚨。形似蝉而稍大，味辛美，可食。生子必依草叶，大如蚕子。取其子，母即飞来，不以远近。虽潜取其子，母必知处。以母血涂钱八十一文，以子血涂钱八十一文，每市物，或先用母钱，或先用子钱，皆复飞归，轮转无已。故《淮南子术》以之还钱，名曰“青蚨”。

十五

土蜂名曰蜾蠃，今世谓蚴蝓，细腰之类。其为物，雄而无雌，不交不产。常取桑虫或阜螽子育之，则皆化成己子。亦或谓之

“螟蛉”。《诗》曰“螟蛉有子，果蠃负之”是也。

十六

木蠹生虫，羽化为蝶。

十七

蜎多刺，故不使超逾杨柳。

十八

昆仑之墟，地首也。是惟帝之下都，故其外绝以弱水之深，又环以炎火之山。山上有鸟兽草木，皆生育滋长于炎火之中，故有火浣布。非此山草木之皮枲，则其鸟兽之毛也。汉世，西域旧献此布，中间久绝。至魏初时，人疑其无有。文帝以为火性酷裂，无含生之气，著之《典论》，明其不然之事，绝智者之听。及明帝立，诏三公曰：“先帝昔著《典论》，不朽之格言。其刊石于庙门之外及太学，与石经并，以永示来世。”至是，西域使人献火浣布袈裟，于是刊灭此论，而天下笑之。

十九

夫金〔锡〕之性，一也。以五月丙午日中铸，为阳燧；以十一月壬子夜半铸，为阴燧。

二十

汉灵帝时，陈留蔡邕以数上书陈奏，忤上旨意，又内宠恶之，虑不免，乃亡命江海，远迹吴会。至吴，吴人有烧桐以爨者，邕闻火烈声，曰："此良材也。"因请之，削以为琴，果有美音。而其尾焦，因名"焦尾琴"。

二十一

蔡邕尝至柯亭，以竹为椽。邕仰盼之，曰："良竹也。"取以为笛，发声辽亮。一云邕告吴人曰："吾昔尝经会稽高迁亭，见屋东间第十六竹椽可为笛，取用，果有异声。"

卷十四

一

昔高阳氏，有同产而为夫妇，帝放之于崆峒之野，相抱而死。神鸟以不死草覆之，七年，男女同体而生，二头，四手足，是为蒙双氏。

二

高辛氏有老妇人居于王宫，得耳疾历时。医为挑治，出顶虫，大如茧。妇人去后，置以瓠篱，覆之以盘，俄尔顶虫乃化为犬，其文五色，因名“盘瓠”，遂畜之。

时戎吴强盛，数侵边境，遣将征讨，不能擒胜。乃募天下有能得戎吴将军首者，购金千斤，封邑万户，又赐以少女。后盘瓠衔得一头，将造王阙。王诊视之，即是戎吴。“为之奈何?”群臣皆曰：“盘瓠是畜，不可官秩，又不可妻。虽有功，无施也。”少女闻之，启王曰：“大王既以我许天下矣。盘瓠衔首而来，为国除害，此天命使然，岂狗之智力哉！王者重言，伯者重信，不可以女子微躯，而负明约于天下，国之祸也。”王惧而从之，令少女从盘瓠。

盘瓠将女上南山，草木茂盛，无人行迹。于是女解去衣裳，为仆竖之结，着独力之衣，随盘瓠升山入谷，止于石室之中。王悲思之，遣往视觅，天辄风雨，岭震云晦，往者莫至。盖经三年，产六男六女。盘瓠死后，自相配偶，因为夫妇。织绩木皮，染以草实，好五色衣服，裁制皆有尾形。

后母归，以语王，王遣使迎诸男女，天不复雨。衣服褊裢，言语侏㒧，饮食蹲踞，好山恶都。王顺其意，赐以名山广泽，号曰“蛮夷”。

蛮夷者，外痴内黠，安土重旧，以其受异气于天命，故待以不常之律：田作贾贩，无关繻符传租税之赋；有邑君长，皆赐印绶；冠用獭皮，取其游食于水。今即梁、汉、巴、蜀、武陵、长沙、庐江郡夷是也。用糁杂鱼肉，叩槽而号，以祭盘瓠，其俗至今。故世称“赤髀横裙，盘瓠子孙”。

三

槁离国王侍婢有娠，王欲杀之。婢曰：“有气如鸡子，从天来下，故我有娠。”后生子，捐之猪圈中，猪以喙嘘之，徙至马枥中，马复以气嘘之，故得不死。王疑以为天子也，乃令其母收畜之，名曰“东明”，常令牧马。东明善射，王恐其夺己国也，欲杀之。东明走，南至（施掩）〔掩施〕水，以弓击水，鱼鳖浮为桥，东明得渡，鱼鳖解散，追兵不得渡，因都王夫馀。

四

古徐国宫人娠而生卵，以为不祥，弃之水滨。有犬名“鹄苍”，衔卵以归，遂生儿，为徐嗣君。后鹄苍临死，生角而九尾，实黄龙也，葬之徐里中。见有狗垄在焉。

五

鬬伯比父早亡，随母归，在舅姑之家。后长大，乃奸妘子之女，生子文。其妘子妻耻女不嫁而生子，乃弃于山中。妘子游猎，见虎乳一小儿，归与妻言。妻曰：“此是我女与伯比私通，生此小儿。我耻之，送于山中。”妘子乃迎归养之，配其女与伯比。楚人因呼子文为縠乌菟。仕至楚相也。

六

齐惠公之妾萧同叔子，见御有身。以其贱，不敢言也。取薪而生顷公于野，又不敢举也。有狸乳而鹯覆之，人见而收，因名曰“无野”。是为顷公。

七

袁钔者，羌豪也。秦时，拘执为奴隶，后得亡去。秦人追之急迫，藏于穴中。秦人焚之，有景相如虎，来为蔽，故得不死。诸羌神之，推以为君，其后种落炽盛。

八

后汉定襄太守窦奉妻生子武，并生一蛇，奉送蛇于野中。及武长大，有海内俊名。母死将葬，未窆，宾客聚集，有大蛇从林草中出，径来棺下，委地俯仰，以头击棺，血涕并流，状若哀恸，有顷而去。时人知为窦氏之祥。

九

晋怀帝永嘉中，有韩媪者于野中见巨卵，持归育之，得婴儿，字曰“撅儿”。方四岁，刘渊筑平阳城不就，募能城者。撅儿应募，因变为蛇，令媪遗灰志其后。谓媪曰：“凭灰筑城，城可立就。”竟如所言。渊怪之，遂投入山穴间，露尾数寸，使者斩之，忽有泉出穴中，汇为池，因名“金龙池”。

十

元帝永昌中，暨阳人任谷因耕息于树下。忽有一人着羽衣，就淫之，既而不知所在，谷遂有妊。积月将产，羽衣人复来，以刀穿其阴下，出一蛇子，便去。谷遂成宦者，诣阙自陈，留于宫中。

十一

旧说太古之时，有大人远征，家无馀人，唯有一女。牡马一匹，女亲养之。穷居幽处，思念其父，乃戏马曰："尔能为我迎得父还，吾将嫁汝。"

马既承此言，乃绝缰而去，径至父所。父见马惊喜，因取而乘之。马望所自来，悲鸣不已。父曰："此马无事如此，我家得无有故乎？"亟乘以归。为畜生有非常之情，故厚加刍养。马不肯食，每见女出入，辄喜怒奋击，如此非一。

父怪之，密以问女。女具以告父，必为是故。父曰："勿言，恐辱家门，且莫出入。"于是伏弩射杀之，暴皮于庭。

父行，女与邻女于皮所戏，以足蹙之曰："汝是畜生，而欲取人为妇耶？招此屠剥，如何自苦？"言未及竟，马皮蹶然而起，卷女以行。邻女忙怕，不敢救之，走告其父。

父还，求索，已出失之。后经数日，得于大树枝间，女及马皮尽化为蚕，而绩于树上。其茧纶理厚大，异于常蚕。邻妇取而养之，其收数倍。因名其树曰"桑"。桑者，丧也。由斯百姓竞种之，今世所养是也。言桑蚕者，是古蚕之馀类也。

案《天官》，辰为马星。《蚕书》曰："月当大火，则浴其种。"是蚕与马同气也。《周礼》校人职掌"禁原蚕者"，注云："物莫能两大。禁原蚕者，为其伤马也。"汉礼，皇后亲采桑，祀蚕神曰："菀窳妇人，寓氏公主。"公主者，女之尊称也；菀窳妇人，先蚕者也。故今世或谓蚕为女儿者，是古之遗言也。

十二

羿请无死之药于西王母，嫦娥窃之以奔月。将往，枚筮之于有黄。有黄占之曰：“吉。翩翩归妹，独将西行。逢天晦芒，毋恐毋惊，后且大昌。”嫦娥遂托身于月，是为蟾蠩。

十三

舌埵山帝之女死，化为怪草，其叶郁茂，其华黄色，其实如兔丝。故服怪草者，恒媚于人焉。

十四

（荥）〔营〕阳县南百馀里，有兰岩山，峭拔千丈。常有双鹤，素羽皦然，日夕偶影翔集。相传云：“昔有夫妇，隐此山数百年，化为双鹤，不绝往来。忽一旦，一鹤为人所害，其一鹤岁常哀鸣。至今响动岩谷，莫知其年岁也。”

十五

豫章新喻县男子见田中有六七女，皆衣毛衣，不知是鸟，匍匐往，得其一女所解毛衣，取藏之，即往就诸鸟。诸鸟各飞去，一鸟独不得去。男子取以为妇，生三女。其母后使女问父，知衣在积稻下，得之，衣而飞去。后复以迎三女，女亦得飞去。

十六

汉灵帝时，江夏黄氏之母浴盘水中，久而不起，变为鼋矣。婢惊走告。比家人来，鼋转入深渊。其后时时出见，初浴簪一银钗，犹在其首。于是黄氏累世不敢食鼋肉。

十七

魏黄初中，清河宋士宗母夏天于浴室里浴，遣家中大小悉出，独在室中良久。家人不解其意，于壁穿中窥之，不见人体，见盆水中有一大鳖。遂开户，大小悉入，了不与人相承。尝先着银钗，犹在头上。相与守之啼泣，无可奈何。意欲求去，永不可留。视之积日，转懈，自捉出户外。其去甚驶，逐之不及，遂便入水。后数日，忽还，巡行宅舍如平生，了无所言而去。时人谓士宗应行丧治服，士宗以母形虽变，而生理尚存，竟不治丧。此与江夏黄母相似。

十八

吴孙皓宝鼎元年六月晦，丹阳宣骞母年八十矣，亦因洗浴化为鼋，其状如黄氏。骞兄弟四人闭户卫之，掘堂上作大坎，泻水其中。鼋入坎游戏，一、二日间，恒延颈外望。伺户小开，便轮转自踯，入于深渊，遂不复还。

十九

汉献帝建安中，东郡民家有怪。无故瓮器自发，訇訇作声，若有人击。盘案在前，忽然便失。鸡生子，辄失去。如是数岁，人甚恶之。乃多作美食，覆盖着一室中，阴藏户间窥伺之。果复重来，发声如前。闻便闭户，周旋室中，了无所见。乃暗以杖挝之，良久，于室隅间有所中，便闻呻吟之声曰："哊，哊，宜死。"开户视之，得一老翁，可百馀岁，言语了不相当，貌状颇类于兽。遂行推问，乃于数里外得其家，云："失来十馀年。"得之哀喜。后岁馀，复失之。闻陈留界复有怪如此，时人咸以为此翁。

卷十五

一

秦始皇时有王道平，长安人也。少时，与同村人唐叔偕女——小名父喻，容色俱美——誓为夫妇。寻王道平被差征伐，落堕南国，九年不归。父母见女长成，即聘与刘祥为妻。女与道平言誓甚重，不肯改事。父母逼迫不免，出嫁刘祥。经三年，忽忽不乐，常思道平，忿怨之深，悒悒而死。

死经三年，平还家，乃诘邻人："此女安在?"邻人云："此女意在于君，被父母凌逼，嫁与刘祥。今已死矣。"平问："墓在何处?"邻人引往墓所。平悲号哽咽，三呼女名，绕墓悲苦，不能自止。平乃祝曰："我与汝立誓天地，保其终身。岂料官有牵缠，致令乖隔，使汝父母与刘祥。既不契于初心，生死永诀。然汝有灵圣，使我见汝生平之面。若无神灵，从兹而别。"言讫，又复哀泣。

逡巡，其女魂自墓出，问平："何处而来?良久契阔。与君誓为夫妇，以结终身。父母强逼，乃出聘刘祥，已经三年。日夕忆君，结恨致死，乖隔幽途。然念君宿念不忘，再求相慰，妾身未损，可以再生，还为夫妇。且速开冢破棺，出我即活。"平审言，乃启墓门，扪看其女，果活，乃结束随平还家。

其夫刘祥闻之惊怪，申诉于州县。检律断之，无条，乃录状奏王，王断归道平为妻。寿一百三十岁。实谓精诚贯于天地，而获感应如此。

二

晋武帝世，河间郡有男女私悦，许相配适。寻而男从军，积年不归，女家更欲适之。女不愿行，父母逼之，不得已而去，寻病死。其男戍还，问女所在，其家具说之。乃至冢，欲哭之叙哀，而不胜其情。遂发冢开棺，女即苏活，因负还家。将养数日，平复如初。后夫闻，乃往求之。其人不还，曰："卿妇已死，天下岂闻死人可复活耶？此天赐我，非卿妇也。"于是相讼。郡县不能决，以谳廷尉。秘书郎王导奏："以精诚之至，感于天地，故死而更生。此非常事，不得以常礼断之，请还开冢者。"朝廷从其议。

三

汉献帝建安中，南阳贾偶，字文合，得病而亡。时有吏将诣太山，司命阅簿，谓吏曰："当召某郡文合。何以召此人？可速遣之！"

时日暮，遂至郭外树下宿。见一年少女独行，文合问曰："子类衣冠，何乃徒步？姓字为谁？"女曰："某三河人，父见为弋阳令，昨被召来，今却得还。遇日暮，惧获瓜田李下之讥。望君之容，必是贤者，是以停留，依凭左右。"文合曰："悦子之心，愿交欢于今夕。"女曰："闻之诸姑，女子以贞专为德，洁白为称。"文合反复与言，终无动志，天明各去。

文合卒已再宿，停丧将殓，视其面有色，扪心下稍温，少顷却苏。后文合欲验其实，遂至弋阳，修刺谒令，因问曰："君女宁卒而却苏耶?"具说女子资质服色、言语相反覆本末。令入问女，所言皆同。乃大惊叹，竟以此女配文合焉。

四

汉建安四年二月，武陵充县妇人李娥，年六十岁，病卒，埋于城外，已十四日。娥比舍有蔡仲，闻娥富，谓殡当有金宝，乃盗发冢求金。以斧剖棺，斧数下，娥于棺中言曰："蔡仲，汝护我头!"仲惊遽，便出走。会为县吏所见，遂收治，依法当弃市。娥儿闻母活，来迎出，将娥回去。

武陵太守闻娥死复生，召见问事状。娥对曰："闻谬为司命所召，到时得遣出。过西门外，适见外兄刘伯文，惊相劳问，涕泣悲哀。娥语曰：'伯文，我一日误为所召，今得遣归，既不知道，不能独行，为我得一伴否？又我见召，在此已十馀日，形体又为家人所葬埋，归当那得自出?'伯文曰：'当为问之。'即遣门卒与(尸)〔户〕曹相问：'司命一日误召武陵女子李娥，今得遣还。娥在此积日，尸丧又当殡殓，当作何等得出？又女弱独行，岂当有伴耶？是吾外妹，幸为便安之。'答曰：'今武陵西界有男子李黑，亦得遣还，便可为伴。兼敕黑过娥比舍蔡仲，发出娥也。'于是娥遂得出，与伯文别。伯文曰：'书一封，以与儿佗。'娥遂与黑俱归。事状如此。"太守闻之，慨然叹曰："天下事真不可知也!"乃表以为"蔡仲虽发冢，为鬼神所使，虽欲无发，势不得已，宜加宽宥"，诏书报可。

太守欲验语虚实，即遣马吏于西界推问李黑，得之，与（黑）〔娥〕语协。乃致伯文书与佗。佗识其纸，乃是父亡时送箱中文书也，表文字犹在也，而书不可晓，乃请费长房读之。曰："告佗，我当从府君出案行部，当以八月八日日中时，武陵城南沟水畔顿，汝是时必往。"

到期，悉将大小于城南待之。须臾果至，但闻人马隐隐之声。诣沟水，便闻有呼声曰："佗来，汝得我所寄李娥书不耶？"曰："即得之，故来至此。"伯文以次呼家中大小（久）〔问〕之，悲伤断绝，曰："死生异路，不能数得汝消息。吾亡后，儿孙乃尔许大。"良久，谓佗曰："来春大病，与此一丸药，以涂门户，则辟来年妖疠矣。"言讫忽去，竟不得见其形。

至来春，武陵果大病，白日皆见鬼，唯伯文之家鬼不敢向。费长房视药丸曰："此方相脑也。"

五

汉陈留考城史姁，字威明，年少时尝病，临死谓母曰："我死当复生。埋我，以竹杖柱于瘗上，若杖折，掘出我。"及死埋之，柱如其言。七日往视，杖果折。即掘出之，已活，走至井上浴，平复如故。

后与邻船至下邳卖锄，不时售，云欲归。人不信之，曰："何有千里暂得归耶？"答曰："一宿便还。"即书取报，以为验实。一宿便还，果得报。考城令江夏鄳贾和姊病在邻里，欲急知消息，请往省之，路遥三千，再宿还报。

六

会稽贺瑀，字彦琚，曾得疾，不知人，惟心下温，死三日复苏。云：“吏人将上天，见官府。入曲房，房中有层架，其上层有印，中层有剑，使瑀惟意所取，而短不及上层，取剑以出。门吏问何得，云得剑。曰：‘恨不得印，可策百神。剑，惟得使社公耳。’”疾愈，果有鬼来，称社公。

七

戴洋，字国流，吴兴长城人。年十二，病死，五日而苏，说：“死时，天使（其）〔为〕酒藏吏，授符箓，给吏从幡麾，将上蓬莱、昆仑、积石、太室、庐、衡等山。既而遣归。”妙解占候，知吴将亡，托病不仕，还乡里。行至濑乡，经老子祠，皆是洋昔死时所见使处，但不复见昔物耳。因问守藏应凤曰：“去二十余年，尝有人乘马东行，经老君祠而不下马，未达桥，坠马死者否?”凤言有之。所问之事，多与洋同。

八

吴临海松阳人柳荣，从吴相张悌至扬州。荣病死船中二日，军士已上岸，无有埋之者。忽然大叫言：“人缚军师！人缚军师!”声甚激扬，遂活。人问之，荣曰：“上天北斗门下，卒见人缚张悌，意中大愕，不觉大叫言：‘何以缚军师!’门下人怒荣，叱逐使去。荣便怖惧，口馀声发扬耳!”其日悌即战死。荣至晋元帝时犹存。

九

吴国富阳人马势妇，姓蒋。村人应病死者，蒋辄恍惚熟眠经日，见病人死，然后省觉。觉则具说，家中人不信之。语人云："某（中）〔甲〕病，我欲杀之，怒强魂难杀，未即死。我入其家内，架上有白米饭，几种鲑。我暂过灶下戏，婢无故犯我，我打其脊，使婢当时闷绝，久之乃苏。”其兄病，有乌衣人令杀之，向其请乞，终不下手。醒乃语兄云：“当活。”

十

晋咸宁二年十二月，琅邪颜畿，字世都，得病，就医张瑳使治，死于张家。棺殓已久，家人迎丧，旐每绕树木而不可解，人咸为之感伤。引丧者忽颠仆，称畿言曰：“我寿命未应死，但服药太多，伤我五脏耳。今当复活，慎无葬也。”其父拊而祝之曰：“若尔有命，当复更生，岂非骨肉所愿？今但欲还家，不尔葬也。”旐乃解。

及还家，其妇梦之曰：“吾当复生，可急开棺。”妇便说之。其夕，母及家人又梦之，即欲开棺，而父不听。其弟含时尚少，乃慨然曰：“非常之事，自古有之。今灵异至此，开棺之痛，孰与不开相负？”父母从之，乃共发棺，果有生验，以手刮棺，指爪尽伤，然气息甚微，存亡不分矣。于是急以绵饮沥口，能咽，遂与出之。

将护累月，饮食稍多，能开目视瞻，屈伸手足，不与人相当。不能言语，饮食所须，托之以梦。如此者十馀年，家人疲于供护，不复得操事。含乃弃绝人事，躬亲侍养，以知名州党。后更衰劣，卒复还死焉。

十一

羊祜年五岁时，令乳母取所弄金镮。乳母曰："汝先无此物。"祜即诣邻人李氏东垣桑树中，探得之。主人惊曰："此吾亡儿所失物也，云何持去?"乳母具言之。李氏悲惋。时人异之。

十二

汉末，关中大乱，有发前汉宫人冢者，宫人犹活。既出，平复如旧。魏郭后爱念之，录置宫内，常在左右。问汉时宫中事，说之了了，皆有次绪。郭后崩，哭泣过哀，遂死。

十三

魏时，太原发冢破棺，棺中有一生妇人。将出与语，生人也。送之京师，问其本事，不知也。视其冢上树木，可三十岁。不知此妇人三十岁常生于地中耶？将一朝欻生，偶与发冢者会也？

十四

晋世杜锡，字世嘏，家葬而婢误不得出。后十馀年，开冢祔葬，而婢尚生，云："其始如瞑目，有顷渐觉。"问之，自谓当一再宿耳。初婢埋时，年十五六。及开冢后，姿质如故。更生十五六年，嫁之有子。

十五

汉桓帝冯贵人病亡。灵帝时，有盗贼发冢，七十馀年，颜色如故，但肉小冷。群贼共奸通之，至斗争相杀，然后事觉。后窦太后家被诛，欲以冯贵人配食。下邳陈公达议：以贵人虽是先帝所幸，尸体秽污，不宜配至尊。乃以窦太后配食。

十六

吴孙休时，戍将于广陵掘诸冢，取版以治城，所坏甚多。复发一大冢，内有重阁，户扇皆枢转，可开闭，四周为徼道通车，其高可以乘马。又铸铜人数十，长五尺，皆大冠朱衣，执剑侍列灵坐。皆刻铜人背后石壁，言殿中将军，或言侍郎、常侍，似公侯之冢。破其棺，棺中有人，发已斑白，衣冠鲜明，面体如生人。棺中云母厚尺许，以白玉璧三十枚藉尸。兵人辈共举出死人，以倚冢壁。有一玉，长尺许，形似冬瓜，从死人怀中透出堕地。两耳及孔鼻中，皆有黄金，如枣许大。

十七

汉广川王好发冢。发栾书冢，其棺柩盟器悉毁烂无馀，唯有一白狐，见人惊走。左右逐之，不得，戟伤其左足。是夕，王梦一丈夫，须眉尽白，来谓王曰：“何故伤吾左足?”乃以杖叩王左足。王觉肿痛，即生疮，至死不差。

卷十六

一

昔颛顼氏有三子，死而为疫鬼：一居江水，为疟鬼；一居若水，为魍魉鬼；一居人宫室，善惊人小儿，为小鬼。于是正岁命方相氏，帅肆傩以驱疫鬼。

二

挽歌者，丧家之乐；执绋者，相和之声也。挽歌辞有《薤露》、《蒿里》二章，汉田横门人作。横自杀，门人伤之，悲歌。言人如薤上露，易（稀）〔晞〕灭；亦谓人死精魂归于蒿里。故有二章。

三

阮瞻，字千里，素执无鬼论，物莫能难，每自谓此理足以辨正幽明。忽有客通名诣瞻，寒温毕，聊谈名理，客甚有才辨。瞻与之言良久，及鬼神之事，反复甚苦。客遂屈，乃作色曰："鬼神古今圣贤所共传，君何得独言无？即仆便是鬼。"于是变为异形，须臾消灭。瞻默然，意色太恶。岁馀，病卒。

四

吴兴施续为寻阳督，能言论。有门生，亦有理意，常秉无鬼论。忽有一黑衣白袷客来，与共语，遂及鬼神。移日，客辞屈，乃曰："君辞巧，理不足。仆即是鬼，何以云无?"问："鬼何以来?"答曰："受使来取君，期尽明日食时。"门生请乞酸苦。鬼问："有人似君者否?"门生云："施续帐下都督，与仆相似。"便与俱往，与都督对坐。鬼手中出一铁凿，可尺馀，安着都督头，便举椎打之。都督云："头觉微痛。"向来转剧，食顷便亡。

五

蒋济，字子通，楚国平阿人也。仕魏，为领军将军。其妇梦见亡儿涕泣曰："死生异路。我生时为卿相子孙，今在地下为泰山伍伯，憔悴困苦，不可复言。今太庙西讴士孙阿见召为泰山令，愿母为白侯，属阿令转我得乐处。"言讫，母忽然惊寤。

明日以白济，济曰："梦为虚耳，不足怪也。"日暮，复梦曰："我来迎新君，止在庙下。未发之顷，暂得来归。新君明日日中当发，临发多事，不复得归，永辞于此。侯气强，难感悟，故自诉于母。愿重启侯，何惜不一试验之?"遂道阿之形状，言甚备悉。天明，母重启济："虽云梦不足怪，此何太适适！亦何惜不一验之?"济乃遣人诣太庙下，推问孙阿，果得之，形状证验，悉如儿言。济涕泣曰："几负吾儿!"

于是乃见孙阿，具语其事。阿不惧当死，而喜得为泰山令，惟恐济言不信也，曰：“若如节下言，阿之愿也。不知贤子欲得何职？”济曰：“随地下乐者与之。”阿曰：“辄当奉教。”乃厚赏之。言讫，遣还。

济欲速知其验，从领军门至庙下，十步安一人，以传消息。辰时传阿心痛，巳时传阿剧，日中传阿亡。济曰：“虽哀吾儿之不幸，且喜亡者有知。”后月馀，儿复来，语母曰：“已得转为录事矣。”

六

汉不其县有孤竹城，古孤竹君之国也。灵帝光和元年，辽西人见辽水中有浮棺，欲斫破之。棺中人语曰：“我是伯夷之弟，孤竹君也。海水坏我棺椁，是以漂流。汝斫我何为？”人惧，不敢斫，因为立庙祠祀。吏民有欲发视者，皆无病而死。

七

温序，字公次，太原（祈）〔祁〕人也。任护军校尉，行部至陇西，为隗嚣将所劫，欲生降之。序大怒，以节挝杀人。贼趋欲杀序，荀宇止之曰：“义士欲死节。”赐剑，令自裁。序受剑，衔须着口中，叹曰：“无令须污土。”遂伏剑死。更始怜之，送葬到洛阳城旁，为筑冢。长子寿，为印平侯，梦序告之曰：“久客思乡。”寿即弃官，上书乞骸骨归葬，帝许之。

八

汉南阳文颖，字叔长，建安中为甘陵府丞。过界止宿，夜三鼓时，梦见一人跪前曰："昔我先人葬我于此，水来湍墓，棺木溺，渍水处半，然无以自温。闻君在此，故来相依。欲屈明日暂住须臾，幸为相迁高燥处。"鬼披衣示颖，而皆沾湿。颖心怆然，即寤，语诸左右。曰："梦为虚耳，亦何足怪？"颖乃还眠。

向寐复梦见，谓颖曰："我以穷苦告君，奈何不相愍悼乎？"颖梦中问曰："子为谁？"对曰："吾本赵人，今属汪芒氏之神。"颖曰："子棺今何所在？"对曰："近在君帐北十数步，水（倒）〔侧〕枯杨树下，即是吾也。天将明，不复得见，君必念之。"颖答曰："诺。"忽然便寤。

天明可发，颖曰："虽云梦不足怪，此何太适！"左右曰："亦何惜须臾不验之耶？"颖即起，率十数人将导顺水上，果得一枯杨，曰："是矣。"掘其下，未几，果得棺。棺甚朽坏，半没水中。颖谓左右曰："向闻于人，谓之虚矣。世俗所传，不可无验。"为移其棺，葬之而去。

九

汉九江何敞为交州刺史，行部到苍梧郡高（安）〔要〕县，暮宿鹄奔亭。

夜犹未半，有一女从楼下出，呼曰："妾姓苏，名娥，字始珠，本居广信县，修里人。早失父母，又无兄弟，嫁与同县施氏。

薄命夫死，有杂缯帛百二十匹，及婢一人，名致富。妾孤穷羸弱，不能自振，欲之旁县卖缯，从同县男子王伯赁牛车一乘，直钱万二千，载妾并缯，令致富执辔，乃以前年四月十日，到此亭外。于时日已向暮，行人断绝，不敢复进，因即留止。致富暴得腹痛，妾之亭长舍乞浆取火。亭长龚寿操戈持戟，来至车旁，问妾曰：'夫人从何所来？车上所载何物？丈夫安在？何故独行？'妾应曰：'何劳问之？'寿因持妾臂曰：'少年爱有色，冀可乐也。'妾惧怖不从。寿即持刀刺胁下，一创立死。又刺致富，亦死。寿掘楼下，合埋妾在下，婢在上。取财物去，杀牛烧车，车缸及牛骨，贮亭东空井中。妾既冤死，痛感皇天，无所告诉，故来自归于明使君。"敞曰："今欲发出汝尸，以何为验？"女曰："妾上下着白衣，青丝履，犹未朽也。愿访乡里，以骸骨归死夫。"掘之果然。

敞乃驰还，遣吏捕捉，拷问具服。下广信县验问，与娥语合。寿父母兄弟，悉捕系狱。敞表寿："常律杀人，不至族诛。然寿为恶首，隐密数年，王法自所不免。令鬼神诉者，千载无一。请皆斩之，以明鬼神，以助阴诛。"上报听之。

十

濡须口有大船，船覆在水中，水小时，便出见。长老云："是曹公船。"尝有渔人，夜宿其旁，以船系之，但闻竽笛弦歌之音，又香气非常。渔人始得眠，梦人驱遣云："勿近官妓！"相传云曹公载妓船覆于此，至今在焉。

十一

夏侯恺，字万仁，因病死。宗人儿苟奴，素见鬼。见恺数归，欲取马，并病其妻，着平上帻，单衣，入坐生时西壁大床，就人觅茶饮。

十二

诸仲务一女显姨，嫁为米元宗妻，产亡于家。俗（闻）〔间〕产亡者，以墨点面。其母不忍，仲务密自点之，无人见者。元宗为始新县丞，梦其妻来上床，分明见新白妆面上有黑点。

十三

晋世新蔡王昭平犊车在厅事上，夜，无故自入斋室中，触壁而出。后又数闻呼噪攻击之声，四面而来。昭乃聚众，设弓弩战斗之备，指声弓弩俱发，而鬼应声接矢数枚，皆倒入土中。

十四

吴赤乌三年，句章民杨度至馀姚。夜行，有一年少持琵琶求寄载，度受之。鼓琵琶数十曲，曲毕，乃吐舌擘目，以怖度而去。复行二十里许，又见一老父，自云姓王名戒。因复载之，谓曰：“鬼工鼓琵琶，甚哀。”戒曰：“我亦能鼓。”即是向鬼。复擘眼吐舌，度怖几死。

十五

琅邪秦巨伯，年六十，尝夜行饮酒，道经蓬山庙，忽见其两孙迎之。扶持百馀步，便捉伯颈着地，骂：“老奴，汝某日捶我，我今当杀汝!”伯思惟某时信捶此孙。伯乃佯死，乃置伯去。伯归家，欲治两孙。两孙惊惋，叩头言：“为子孙，宁可有此？恐是鬼魅，乞更试之。”伯意悟。

数日，乃诈醉，行此庙间。复见两孙来，扶持伯。伯乃急持，鬼动作不得。达家，乃是两人也。伯着火炙之，腹背俱焦坼。出着庭中，夜皆亡去。伯恨不得杀之。

后月馀，又佯酒醉夜行，怀刃以去，家不知也。极夜不还，其孙恐又为此鬼所困，乃俱往迎伯，伯竟刺杀之。

十六

汉武建元年，东莱人姓池，家常作酒。一日见三奇客，共持面饭至，索其酒饮，饮竟而去。顷之，有人来，云见三鬼酣醉于林中。

十七

吴先主杀武卫兵钱小小，形见大街，顾借赁人吴永，使永送书与街南庙，借木马二匹。以酒噀之，皆成好马，鞍勒俱全。

十八

南阳宋定伯，年少时，夜行逢鬼。问之，鬼言：“我是鬼。”鬼问：“汝复谁?”定伯诳之，言：“我亦鬼。”鬼问：“欲至何所?”答曰：“欲至宛市。”鬼言：“我亦欲至宛市。”

遂行数里。鬼言：“步行太迟，可共递相担，何如?”定伯曰：“大善。”鬼便先担定伯数里。鬼言：“卿太重，将非鬼也?”定伯言：“我新鬼，故身重耳。”定伯因复担鬼，鬼略无重。如是再三。定伯复言：“我新鬼，不知有何所畏忌?”鬼答言：“惟不喜人唾。”于是共行。

道遇水，定伯令鬼先渡，听之，了然无声音。定伯自渡，漕漼作声。鬼复言：“何以有声?”定伯曰：“新死，不习渡水故耳。勿怪吾也。”

行欲至宛市，定伯便担鬼着肩上，急执之。鬼大呼，声咋咋然，索下。不复听之，径至宛市中，下着地，化为一羊，便卖之。恐其变化，唾之，得钱千五百乃去。当时石崇有言：“定伯卖鬼，得钱千五。”

十九

吴王夫差小女名曰紫玉，年十八，才貌俱美。童子韩重，年十九，有道术。女悦之，私交信问，许为之妻。

重学于齐、鲁之间。临去，属其父母使求婚。王怒，不与女。玉结气死，葬阊门之外。三年重归，诘其父母，父母曰：“王大怒，玉结气死，已葬矣。”

重哭泣哀恸，具牲币，往吊于墓前。玉魂从墓出，见重，流涕谓曰：“昔尔行之后，令二亲从王相求，度必克从大愿。不图别后，遭命奈何！”玉乃左顾宛颈而歌曰：“南山有乌，北山张罗。乌既高飞，罗将奈何！意欲从君，谗言孔多。悲结生疾，没命黄垆。命之不造，冤如之何！羽族之长，名为凤凰。一日失雄，三年感伤。虽有众鸟，不为匹双。故见鄙姿，逢君辉光。身远心近，何当暂忘？”歌毕，歔欷流涕，要重还冢。重曰：“死生异路，惧有尤愆，不敢承命。”玉曰：“死生异路，吾亦知之，然今一别，永无后期。子将畏我为鬼而祸子乎？欲诚所奉，宁不相信？”

重感其言，送之还冢。玉与之饮燕，留三日三夜，尽夫妇之礼。临出，取径寸明珠以送重，曰：“既毁其名，又绝其愿，复何言哉！时节自爱。若至吾家，致敬大王。”

重既出，遂诣王，自说其事。王大怒曰：“吾女既死，而重造讹言，以玷秽亡灵！此不过发冢取物，托以鬼神。”趣收重。重走脱，至玉墓所诉之。玉曰：“无忧，今归白王。”王妆梳，忽见玉，惊愕悲喜，问曰：“尔缘何生？”玉跪而言曰：“昔诸生韩重来求玉，大王不许。玉名毁义绝，自致身亡。重从远还，闻玉已死，故赍牲币，诣冢吊唁。感其笃终，辄与相见，因以珠遗之。不为发冢，愿勿推治。”夫人闻之，出而抱之，玉如烟然。

二十

陇西辛道度者，游学至雍州城四五里，比见一大宅，有青衣女子在门，度诣门下求飧。女子入告秦女，女命召入。

度趋入阁中，秦女于西榻而坐。度称姓名，叙起居，既毕，命东榻而坐，即治饮馔。食讫，女谓度曰："我秦闵王女，出聘曹国，不幸无夫而亡。亡来已二十三年，独居此宅。今日君来，愿为夫妇。"经三宿三日后，女即自言曰："君是生人，我鬼也。共君宿契，此会可三宵，不可久居，当有祸矣。然兹信宿，未悉绸缪，既已分飞，将何表信于郎？"即命取床后盒子开之，取金枕一枚，与度为信。乃分袂泣别，即遣青衣送出门外。未逾数步，不见舍宇，惟有一冢。

度当时荒忙出走，视其金枕在怀，乃无异变。寻至秦国，以枕于市货之。恰遇秦妃东游，亲见度卖金枕，疑而索看，诘度何处得来，度具以告。妃闻，悲泣不能自胜。然（向）〔尚〕疑耳。乃遣人发冢，启柩视之，原葬悉在，唯不见枕。解体看之，交情宛若，秦妃始信之。叹曰："我女大圣，死经二十三年，犹能与生人交往，此是我真女婿也。"遂封度为驸马都尉，赐金帛车马，令还本国。

因此以来，后人名女婿为"驸马"。今之国婿，亦为驸马矣。

二十一

汉谈生者，年四十，无妇，常感激读《诗经》。夜半，有女子年可十五六，姿颜服饰，天下无双，来就生为夫妇。之言曰："我与人不同，勿以火照我也。三年之后，方可照耳。"与为夫妇。

生一儿已二岁，不能忍，夜伺其寝后，盗照视之。其腰已上，生肉如人，腰已下，但有枯骨。妇觉，遂言曰："君负我！我垂生矣，何不能忍一岁而竟相照也？"生辞谢，涕泣不可复止。云：

“与君虽大义永离，然顾念我儿，若贫不能自偕活者，暂随我去，方遗君物。”生随之去，入华堂室宇，器物不凡，以一珠袍与之，曰：“可以自给。”裂取生衣裾，留之而去。

后生持袍诣市，睢阳王家买之，得钱千万。王识之曰：“是我女袍，那得在市？此必发冢。”乃取拷之。生具以实对，王犹不信。乃视女冢，冢完如故。发视之，棺盖下果得衣裾。呼其儿视，正类王女。王乃信之，即召谈生，复赐遗之，以为女婿，表其儿为郎中。

二十二

卢充者，范阳人。家西三十里，有崔少府墓。充年二十，先冬至一日，出宅西猎戏。见一獐，举弓而射，中之。獐倒复起，充因逐之，不觉远。忽见道北一里许高门，瓦屋四周，有如府舍，不复见獐。门中一铃下唱：“客前。”充问：“此何府也？”答曰：“少府府也。”充曰：“我衣恶，那得见少府？”即有一人提一襆新衣，曰：“府君以此遗郎。”

充便着讫，进见少府，展姓名。酒炙数行，谓充曰：“尊府君不以仆门鄙陋，近得书，为君索小女婚，故相迎耳。”便以书示充。充父亡时虽小，然已识父手迹，即欷歔，无复辞免。便敕内：“卢郎已来，可令女郎妆严。”且语充云：“君可就东廊。”及至黄昏，内白：“女郎妆严已毕。”充既至东廊，女已下车，立席头，却共拜。时为三日，给食。

三日毕，崔谓充曰：“君可归矣。女有娠相，若生男，当以相还，无相疑；生女，当留自养。”敕外严车送客，充便辞出。崔送至中门，执手涕零。出门，见一犊车，驾青衣，又见本所着衣及弓箭故在门外。寻传教将一人提襆衣与充，相问曰："姻援始尔，别甚怅恨。今复致衣一袭，被褥自副。"充上车，去如电逝。须臾至家，家人相见悲喜。推问，知崔是亡人而入其墓，追以懊惋。

别后四年，三月三日，充临水戏，忽见水旁有二犊车，乍沉乍浮，既而近岸。同坐皆见，而充往开车后户，见崔氏女与三岁男共载。充见之忻然，欲捉其手。女举手指后车曰："府君见人。"即见少府。充往问讯，女抱儿还充，又与金碗，并赠诗曰："煌煌灵芝质，光丽何猗猗。华艳当时显，嘉异表神奇。含英未及秀，中夏罹霜萎。荣耀长幽灭，世路永无施。不悟阴阳运，哲人忽来仪。会浅离别速，皆由灵与祇。何以赠余亲？金碗可颐儿。恩爱从此别，断肠伤肝脾。"

充取儿、碗及诗，忽然不见二车处。充将儿还，四坐谓是鬼魅，佥遥唾之，形如故。问儿："谁是汝父？"儿径就充怀。众初怪恶，传省其诗，慨然叹死生之玄通也。

充后乘车入市卖碗，高举其价，不欲速售，冀有识。欻有一老婢识此，还白大家曰："市中见一人乘车，卖崔氏女郎棺中碗。"大家即崔氏亲姨母也。遣儿视之，果如其婢言。上车，叙姓名，语充曰："昔我姨嫁少府生女，未出而亡。家亲痛之，赠一金碗，着棺中。可说得碗本末。"充以事对。此儿亦为之悲咽，赍还白母。母即令诣充家，迎儿视之，诸亲悉集。儿有崔氏之状，又复似充貌。儿、碗俱验，姨母曰："我外甥三月末间产。父曰：'春暖温也。愿休强也。'即字温休。温休者，盖幽婚也。其兆先彰矣。"

儿（逐）〔遂〕成令器，历郡守二千石。子孙冠盖，相承至今。其后植，字子干，有名天下。

二十三

后汉时，汝南汝阳西门亭有鬼魅。宾客止宿，辄有死亡。其厉厌者，皆亡发失精。寻问其故，云：“先时颇已有怪物。其后郡侍奉掾宜禄郑奇来，去亭六七里，有一端正妇人，乞寄载。奇初难之，然后上车。入亭，趋至楼下。亭卒白：‘楼不可上。’奇云：‘吾不恐也。’时亦昏冥，遂上楼，与妇人栖宿。未明发去。亭卒上楼扫除，见一死妇，大惊，走白亭长。亭长击鼓会诸庐吏共集诊之，乃亭西北八里吴氏妇，新亡，夜临殡火灭，及火至，失之。其家即持去。奇发行数里，腹痛，到南顿利阳亭加剧，物故，楼遂无敢复上。”

二十四

颍川钟繇，字元常，尝数月不朝会，意性异常。或问其故，云：“常有好妇来，美丽非凡。”问者曰：“必是鬼物，可杀之。”妇人后往，不即前，止户外。繇问：“何以？”曰：“公有相杀意。”繇曰：“无此。”勤勤呼之，乃入。繇意恨，有不忍之，然犹斫之，伤髀。妇人即出，以新绵拭，血竟路。明日，使人寻迹之，至一大冢，木中有好妇人，形体如生人，着白练衫，丹绣裲裆，伤左髀，以裲裆中绵拭血。

卷十七

一

陈国张汉直到南阳，从京兆尹延叔坚学《左氏传》。行后数月，鬼物持其妹，为之扬言曰："我病死，丧在陌上，常苦饥寒。操二三量不借，挂屋后楮上；傅子芳送我五百钱，在北墉下：皆忘取之。又买李幼一头牛，本券在书箧中。"往索取之，悉如其言。妇尚不知有此，妹新从婿家来，非其所及。家人哀伤，益以为审。父母诸弟，衰绖到来迎丧。去舍数里，遇汉直与诸生十馀人相追。汉直顾见家人，怪其如此。家见汉直，谓其鬼也，怅惘良久。汉直乃前为父拜，说其本末，且悲且喜。凡所闻见，若此非一，得知妖物之为。

二

汉陈留外黄范丹，字史云，少为尉从佐使，檄谒督邮。丹有志节，自恚为厮役小吏，乃于陈留大泽中杀所乘马，捐弃官帻，诈逢劫者。有神下其家曰："我，史云也，为劫人所杀。疾取我衣于陈留大泽中。"家取得一帻。丹遂之南郡，转入三辅，从英贤游学，十三年乃归，家人不复识焉。陈留人高其志行，及没，号曰贞节先生。

三

吴人费季久客于楚，时道多劫，妻常忧之。季与同辈旅宿庐山下，各相问出家几时。季曰："吾去家已数年矣。临来与妻别，就求金钗以行，欲观其志当与吾否耳。得钗，乃以着户楣上。临发，失与道。此钗故当在户上也。"尔夕，其妻梦季曰："吾行遇盗，死已二年。若不信吾言，吾行时取汝钗，遂不以行，留在户楣上，可往取之。"妻觉，揣钗得之，家遂发丧。后一年馀，季乃归还。

四

馀姚虞定国，有好仪容；同县苏氏女，亦有美色。定国常见，悦之。后见定国来，主人留宿。中夜，告苏公曰："贤女令色，意甚钦之。此夕能令暂出否？"主人以其乡里贵人，便令女出从之。往来渐数，语苏公云："无以相报。若有官事，某为君任之。"主人喜。自尔后，有役召事，往造定国。定国大惊，曰："都未尝面命，何由便尔？此必有异。"具说之。定国曰："仆宁肯请人之父而淫人之女？若复见来，便当斫之。"后果得怪。

五

吴孙皓世，淮南内史朱诞，字永长，为建安太守。诞给使妻有鬼病，其夫疑之为奸。后出行，密穿壁隙窥之。正见妻在机中织，遥瞻桑树上，向之言笑。给使仰视树上，有一年少人，可十四五，衣青衿袖，青幧头。给使以为信人也，张弩射之。化为鸣蝉，其大如箕，翔然飞去。妻亦应声惊曰："噫！人射汝。"给使怪其故。

后久时，给使见二小儿在陌上共语。曰："何以不复见汝?"其一即树上小儿也，答曰："前不遇，为人所射，病疮积时。"彼儿曰："今何如?"曰："赖朱府君梁上膏以敷之，得愈。"

给使白诞曰："人盗君膏药，颇知之否?"诞曰："吾膏久致梁上，人安得盗之?"给使曰："不然。府君视之。"诞殊不信。试为视之，封题如故。诞曰："小人故妄言，膏自如故。"给使曰："试开之。"则膏去半，为掊刮，见有趾迹，诞因大惊，乃详问之，具道本末。

六

吴时，嘉兴倪彦思居县西埏里，忽见鬼魅入其家，与人语，饮食如人，惟不见形。彦思奴婢有窃骂大家者，云："今当以语。"彦思治之，无敢詈之者。

彦思有小妻，魅从求之，彦思乃迎道士逐之。酒肴既设，魅乃取厕中草粪，布着其上。道士便盛击鼓，召请诸神，魅乃取（虎伏）〔伏虎〕于神座上吹作角声音。有顷，道士忽觉背上冷，惊起解衣，乃伏虎也。于是道士罢去。

彦思夜于被中窃与妪语，共患此魅。魅即屋梁上谓彦思曰："汝与妇道吾，吾今当截汝屋梁。"即隆隆有声。彦思惧梁断，取火照视，魅即灭火，截梁声愈急。彦思惧屋坏，大小悉遣出。更取火，视梁如故。魅大笑，问彦思："复道吾否？"

郡中典农闻之，曰："此神正当是狸物耳。"魅即往谓典农曰："汝取官若干百斛谷，藏着某处。为吏污秽，而敢论吾。今当白于官，将人取汝所盗谷。"典农大怖而谢之。自后无敢道者。

三年后去，不知所在。

七

魏黄初中，顿丘界有人骑马夜行，见道中有一物，大如兔，两眼如镜，跳跃马前，令不得前。人遂惊惧，堕马。魅便就地捉之，惊怖暴死。良久得苏，苏已失魅，不知所在。乃更上马，前行数里，逢一人，相问讯已，因说："向者事变如此，今相得为伴，甚欢。"人曰："我独行，得君为伴，快不可言。君马行疾，且前，我在后相随也。"遂共行。语曰："向者物何如，乃令君怖惧耶？"对曰："其身如兔，两眼如镜，形甚可恶。"伴曰："试顾视我耶？"人顾视之，犹复是也。魅便（挑）〔跳〕上马，人遂堕地，怖死。家人怪马独归，即行推索，乃于道边得之。宿昔乃苏，说状如是。

八

袁绍，字本初，在冀州，有神出河东，号度朔君，百姓共为立庙。庙有主簿大福。

陈留蔡庸为清河太守，过谒庙。有子名道，亡已三十年。度朔君为庸设酒，曰："贵子昔来，欲相见。"须臾，子来。

度朔君自云父祖昔作兖州。有一士姓苏，母病往祷。主簿云："君逢天士留待。"闻西北有鼓声而君至。须臾，一客来，着皂（角）单衣，头上五色毛，长数寸。去后，复一人着白布单衣，高冠，冠似鱼头，谓君曰："昔临庐山共食白李，忆之未久，已三千岁。日月易得，使人怅然。"去后，君谓士曰："先来南海君也。"士是书生，君明通《五经》，善《礼记》，与士论礼，士不如也。士乞救母病，君曰："卿所居东有故桥，人坏之。此桥所行，卿母犯之。能复桥，便差。"

曹公讨袁谭，使人从庙换千匹绢，君不与。曹公遣张郃毁庙。未至百里，君遣兵数万，方道而来。郃未达二里，云雾绕郃军，不知庙处。君语主簿："曹公气盛，宜避之。"后苏并邻家有神下，识君声，云："昔移入湖，阔绝三年。"乃遣人与曹公相闻："欲修故庙，地衰不中居，欲寄住。"公曰："甚善。"治城北楼以居之。

数日，曹公猎，得物大如麑，大足，色白如雪，毛软滑可爱，公以摩面，莫能名也。夜闻楼上哭云："小儿出行不还。"公拊掌曰："此子言真衰也。"晨将数百犬绕楼下，犬得气，冲突内外，见有物大如驴，自投楼下，犬杀之，庙神乃绝。

九

临川陈臣家大富。永初元年，臣在斋中坐，其宅内有一町筋竹，白日忽见一人，长丈馀，面如方相，从竹中出，径语陈臣："我在家多年，汝不知，今辞汝去，当令汝知之。"去一月许日，家大失火，奴婢顿死。一年中，便大贫。

十

东莱有一家，姓陈，家百馀口。朝炊，釜不沸。举甑看之，忽有一白头公从釜中出。便诣师卜，卜云：“此大怪，应灭门。便归大作械，械成，使置门壁下，坚闭门在内，有马骑麾盖来扣门者，慎勿应。”乃归，合手伐得百馀械，置门屋下。

果有人至，呼不应。主帅大怒，令缘门入。从人窥门内，见大小械百馀。出门还说如此，帅大惶惋，语左右云：“教速来，不速来，遂无一人当去，何以解罪也？从此北行，可八十里，有一百三口，取以当之。”

后十日，此家死亡都尽。此家亦姓陈云。

十一

晋惠帝永康元年，京师得异鸟，莫能名。赵王伦使人持出，周旋城邑市以问人。即日，宫西有一小儿见之，遂自言曰：“服留鸟。”持者还白伦。伦使更求，又见之，乃将入宫，密笼鸟，并闭小儿于户中。明日往视，悉不复见。

十二

南康郡南东望山，有三人入山，见山顶有果树，众果毕植，行列整齐，如人行。甘子正熟，三人共食，致饱，乃怀二枚，欲出示人。闻空中语云：“催放双甘，乃听汝去。”

十三

秦瞻居曲阿彭皇野，忽有物如蛇突入其脑中。蛇来，先闻臭气，便于鼻中入，盘其头中，觉哄哄，仅闻其脑间食声咂咂，数日而出去。寻复来，取手巾缚鼻口，亦被入。积年无他病，唯患头重。

卷十八

一

魏景初中，咸阳县吏王臣家有怪，无故闻拍手相呼，伺无所见。其母夜作倦，就枕寝息。有顷，复闻灶下有呼声曰："文约，何以不来?"头下枕应曰："我见枕，不能往。汝可来就我饮。"至明，乃饭臿也。即聚烧之，其怪遂绝。

二

魏郡张奋者，家本巨富，忽衰老财散，遂卖宅与程应。应入居，举家病疾，转卖邻人何文。文先独持大刀，暮入北堂中梁上。至三更竟，忽有一人，长丈馀，高冠黄衣，升堂呼曰："细腰。"细腰应喏。曰："舍中何以有生人气也?"答曰："无之。"便去。须臾，有一高冠青衣者；次之，又有高冠白衣者。问答并如前。及将曙，文乃下堂中，如向法呼之，问曰："黄衣者为谁?"曰："金也。在堂西壁下。""青衣者为谁?"曰："钱也。在堂前井边五步。""白衣者为谁?"曰："银也。在墙东北角柱下。""汝复为谁?"曰："我，杵也。今在灶下。"及晓，文按次掘之，得金、银五百斤，钱千万贯。仍取杵焚之。由此大富，宅遂清宁。

三

秦时，武都故道有怒特祠，祠上生梓树。秦文公二十七年，使人伐之，辄有大风雨。树创随合，经日不断。文公乃益发卒，持斧者至四十人，犹不断。士疲还息，其一人伤足，不能行，卧树下，闻鬼语树神曰："劳乎攻战？"其一人曰："何足为劳？"又曰："秦公将必不休，如之何？"答曰："秦公其如予何？"又曰："秦若使三百人被发，以朱丝绕树，赭衣灰坌伐汝，汝得不困耶？"神寂无言。

明日，病人语所闻。公于是令人皆衣赭，随斫创坌以灰。树断，中有一青牛出，走入丰水中。其后青牛出丰水中，使骑击之，不胜。有骑堕地复上，髻解被发，牛畏之，乃入水，不敢出。故秦自是置旄头骑。

四

庐江龙舒县陆亭，流水边有一大树，高数十丈，常有黄鸟数千枚巢其上。时久旱，长老共相谓曰："彼树常有黄气，或有神灵，可以祈雨。"（困）〔因〕以酒脯往。亭中有寡妇李宪者，夜起，室中忽见一妇人，着绣衣，自称曰："我，树神黄祖也，能兴云雨。以汝性洁，佐汝为生。朝来父老皆欲祈雨，吾已求之于帝，明日日中大雨。"至期果雨，遂为立祠。宪曰："诸卿在此。吾居近水，当致少鲤鱼。"言讫，有鲤鱼数十头飞集堂下，坐者莫不惊悚。如此岁馀，神曰："将有大兵，今辞汝去。"留一玉环，曰：

“持此可以避难。”后刘表、袁术相攻，龙舒之民皆徙去，唯宪里不被兵。

五

魏桂阳太守江夏张辽，字叔高，去鄢陵，家居买田。田中有大树十馀围，枝叶扶疏，盖地数亩，不生谷。遣客伐之，斧数下，有赤汁六七斗出。客惊怖，归白叔高。叔高大怒曰：“树老汁赤，如何得怪！”因自严行，复斫之，血大流洒。叔高使先斫其枝，上有一空处，见白头公，可长四五尺，突出，往赴叔高，高以刀逆格之。如此凡杀四五头，并死。左右皆惊怖伏地，叔高神虑怡然如旧。徐熟视，非人非兽，遂伐其木。此所谓“木石之怪，夔、蝄蜽”者乎？是岁，应司空辟侍御史、兖州刺史。以二千石之尊，过乡里，荐祝祖考，白日绣衣荣羡，竟无他怪。

六

吴先主时，陆敬叔为建安太守，使人伐大樟树，下数斧，忽有血出。树断，有物人面狗身，从树中出。敬叔曰：“此名‘彭侯’。”乃烹食之，其味如狗。《白泽图》曰：“木之精名‘彭侯’，状如黑狗，无尾，可烹食之。”

七

吴时，有梓树巨围，叶广丈馀，垂柯数亩。吴王伐树作船，使童男女三十人牵挽之。船自飞下水，男女皆溺死。至今潭中时有唱唤督进之音也。

八

董仲舒下帷讲诵，有客来诣，舒知其非常。客又云：“欲雨。”舒戏之曰：“巢居知风，穴居知雨。卿非狐狸，则是鼷鼠。”客遂化为老狸。

九

张华，字茂先，晋惠帝时为司空。于时燕昭王墓前有一斑狐，积年能为变幻，乃变作一书生，欲诣张公。过问墓前华表曰：“以我才貌，可得见张司空否？”华表曰：“子之妙解，无为不可。但张公智度，恐难笼络，出必遇辱，殆不得返。非但丧子千岁之质，亦当深误老表。”

狐不从，乃持刺谒华。华见其总角风流，洁白如玉，举动容止，顾盼生姿，雅重之。于是论及文章，辨校声实，华未尝闻。比复商略三史，探赜百家，谈《老》、《庄》之奥区，披《风》、《雅》之绝旨，包十圣，贯三才，箴八儒，擿五礼，华无不应声屈滞。乃叹曰：“天下岂有此年少！若非鬼魅，则是狐狸。”乃扫榻延留，留人防护。此生乃曰：“明公当尊贤容众，喜善而矜不能。奈何憎人学问？《墨子》兼爱，其若是耶？”言卒，便求退。华已使人防门，不得出。既而又谓华曰：“公门置甲兵栏骑，当是致疑于仆也。将恐天下之人，卷舌而不言；智谋之士，望门而不进。

深为明公惜之。”华不应，而使人防御甚严。

时丰城令雷焕，字孔章，博物士也，来访华，华以书生白之。孔章曰：“若疑之，何不呼猎犬试之?”乃命犬以试，竟无惮色。狐曰：“我天生才智，反以为妖，以犬试我，遮莫千试万虑，其能为患乎?”华闻益怒，曰：“此必真妖也。闻魑魅忌狗，所别者数百年物耳，千年老精，不能复别。惟得千年枯木照之，则形立见。”孔章曰：“千年神木，何由可得?”华曰：“世传燕昭王墓前华表木已经千年。”

乃遣人伐华表。使人欲至木所，忽空中有一青衣小儿来，问使曰：“君何来也?”使曰：“张司空有一年少来谒，多才巧辞，疑是妖魅。使我取华表照之。”青衣曰：“老狐不智，不听我言，今日祸已及我，其可逃乎?”乃发声而泣，倏然不见。使乃伐其木，血流，便将木归。燃之以照书生，乃一斑狐。华曰：“此二物不值我，千年不可复得。”乃烹之。

十

晋时，吴兴一人有二男，田中作时，尝见父来骂詈赶打之。儿以告母。母问其父，父大惊，知是鬼魅，便令儿斫之。鬼便寂不复往。父忧恐儿为鬼所困，便自往看。儿谓是鬼，便杀而埋之。鬼便遂归，作其父形，且语其家：“二儿已杀妖矣。”儿暮归，共相庆贺，积年不觉。后有一法师过其家，语二儿云：“君尊（侯）〔候〕有大邪气。”儿以白父，父大怒。儿出以语师，令速去。师遂作声入，父即成大老狸，入床下，遂擒杀之。向所杀者，乃真父也，改殡治服。一儿遂自杀，一儿忿懊亦死。

十一

句容县麋村民黄审于田中耕，有一妇人过其田，自塍上度，从东适下而复还。审初谓是人，日日如此，意甚怪之。审因问曰："妇数从何来也?" 妇人少住，但笑而不言，便去。审愈疑之。预以长镰，伺其还，未敢斫妇，但斫所随婢。妇化为狸，走去。视婢，乃狸尾耳。审追之不及。后人有见此狸出坑头，掘之，无复尾焉。

十二

博陵刘伯祖为河东太守，所止承尘上有神，能语，常呼伯祖与语。及京师诏书诰下消息，辄预告伯祖。伯祖问其所食啖，欲得羊肝。乃买羊肝，于前切之，脔随刀不见，尽两羊肝。忽有一老狸，眇眇在案前，持刀者欲举刀斫之，伯祖呵止。自着承尘上，须臾大笑曰："向者啖羊肝，醉忽失形，与府君相见，大惭愧。"

后伯祖当为司隶，神复先语伯祖曰："某月某日，诏书当到。"至期如言。及入司隶府，神随逐在承尘上，辄言省内事。伯祖大恐怖，谓神曰："今职在刺举，若左右贵人闻神在此，因以相害。"神答曰："诚如府君所虑，当相舍去。"遂即无声。

十三

后汉建安中，沛国郡陈羡为西海都尉。其部曲王灵孝无故逃去，羡欲杀之。居无何，孝复逃走。羡久不见，囚其妇，妇以实对。羡曰："是必魅将去，当求之。"

因将步骑数十，领猎犬，周旋于城外求索，果见孝于空冢中，闻人犬声，怪遂避去。羡使人扶孝以归，其形颇象狐矣，略不复与人相应，但啼呼"阿紫"。阿紫，狐字也。后十馀日，乃稍稍了悟，云："狐始来时，于屋曲角鸡栖间，作好妇形，自称'阿紫'，招我。如此非一。忽然便随去，即为妻，暮辄与共还其家，遇狗不觉。"云乐无比也。

道士云："此山魅也。"《名山记》曰："狐者，先古之淫妇也。其名曰'阿紫'，化而为狐，故其怪多自称'阿紫'。"

十四

南阳西郊有一亭，人不可止，止则有祸。邑人宋大贤，以正道自处，尝宿亭楼，夜坐鼓琴，不设兵仗。至夜半时，忽有鬼来，登梯与大贤语，眝目磋齿，形貌可恶。大贤鼓琴如故，鬼乃去，于市中取死人头来，还语大贤曰："宁可少睡耶？"因以死人头投大贤前。大贤曰："甚佳。吾暮卧无枕，正欲得此。"鬼复去。良久乃还，曰："宁可共手搏耶？"大贤曰："善。"语未竟，鬼在前，大贤便逆捉其腰。鬼但急言"死"。大贤遂杀之。明日视之，乃老狐也。自是亭舍更无妖怪。

十五

北部督邮西平（到）〔郅〕伯夷，年三十许，大有才决，长沙太守（到）〔郅〕若章孙也。日晡时到亭，敕前导人且止。录事掾白："今尚早，可至前亭。"曰："欲作文书。"便留。吏卒惶怖，言当解去。传云："督邮欲于楼上观望，亟扫除。"须臾便上。未暝，楼镫阶下复有火。敕云："我思道，不可见火，灭去。"吏知必有变，当用赴照，但藏置壶中。

日既暝，整服坐，诵《六甲》、《孝经》、《易》本讫，卧。有顷，更转东首，以（拏）〔帑〕巾结两足，帻冠之，密拔剑解带。夜时，有正黑者四五尺，稍高，走至柱屋，因覆伯夷。伯夷持被掩之，足跣脱，几失再三。以剑带击魅脚，呼下火上，照视之，老狐正赤，略无衣毛，持下烧杀。

明旦，发楼屋，得所髡人髻百馀，因此遂绝。

十六

吴中有一书生，皓首，称胡博士，教授诸生，忽复不见。九月初九日，士人相与登山游观，闻讲书声，命仆寻之。见空冢中群狐罗列，见人即走。老狐独不去，乃是皓首书生。

十七

陈郡谢鲲，谢病去职，避地于豫章。尝行经空亭中夜宿，此亭旧每杀人。夜四更，有一黄衣人呼鲲字云："幼舆，可开户。"鲲澹然无惧色，令申臂于窗中。于是授腕，鲲即极力而牵之，其臂遂脱，乃还去。明日看，乃鹿臂也，寻血取获。尔后此亭无复妖怪。

十八

晋有一士人，姓王，家在吴郡。还至曲阿，日暮，引船上当大埭。见埭上有一女子，年十七八，便呼之留宿。至晓，解金铃系其臂。使人随至家，都无女人，因逼猪栏中，见母猪臂有金铃。

十九

汉齐人梁文好道，其家有神祠，建室三四间，座上施皂帐，常在其中，积十数年。后因祀事，帐中忽有人语，自呼“高山君”。大能饮食，治病有验。文奉事甚肃，积数年，得进其帐中。神醉，文乃乞得奉见颜色。谓文曰：“授手来。”文纳手，得持其颐，髯须甚长。文渐绕手，卒然引之，而闻作羊声。座中惊起，助文引之，乃袁公路家羊也。失之七八年，不知所在。杀之，乃绝。

二十

北平田琰居母丧，恒处庐。向一（暮）〔期〕，夜忽入妇室。密怪之，曰：“君在毁灭之地，幸可不甘。”琰不听而合。后琰暂入，不与妇语，妇怪无言，并以前事责之。琰知鬼魅。临暮竟未眠，衰服挂庐。须臾，见一白狗，攫（庐）衔衰服，因变为人，着而入。琰随后逐之，见犬将升妇床，便打杀之。妇羞愧而死。

二十一

司空南阳来季德停丧在殡，忽然见形，坐祭床上，颜色服饰声气，熟是也。孙儿妇女，以次教戒，事有条贯。鞭朴奴婢，皆得其过。饮食既绝，辞诀而去。家人大小，哀割断绝。如是数年，家益厌苦。其后饮酒过多，醉而形露，但得老狗，便共打杀。因推问之，则里中沽酒家狗也。

二十二

山阳王瑚，字孟琏，为东海兰陵尉。夜半时，辄有黑帻白单衣吏诣县叩阁，迎之则忽然不见，如是数年。后伺之，见一老狗，〔黑头〕白躯犹故，至阁便为人。以白孟琏，杀之乃绝。

二十三

桂阳太守李叔坚，为从事。家有犬，人行，家人言当杀之。叔坚曰："犬马喻君子，犬见人行，效之，何伤？"顷之，狗戴叔坚冠走，家大惊。叔坚云："误触冠，缨挂之耳。"狗又于灶前畜火，家益怔营。叔坚复云："儿婢皆在田中，狗助畜火，幸可不烦邻里。此有何恶？"数日，狗自暴死，卒无纤芥之异。

二十四

吴郡无锡有上湖大陂。陂吏丁初，天每大雨，辄循堤防。春盛雨，初出行塘。日暮回，顾有一妇人，上下青衣，戴青伞，追后呼："初掾待我。"初时怅然，意欲留俟之，复疑本不见此，今忽有妇人冒阴雨行，恐必鬼物。初便疾走，顾视妇人，追之亦急。初因急行，走之转远，顾视妇人，乃自投陂中，泛然作声，衣盖飞散。视之，是大苍獭，衣伞皆荷叶也。此獭化为人形，数媚年少者也。

二十五

魏齐王芳正始中，中山王周南为襄邑长。忽有鼠从穴出，在厅事上语曰："王周南，尔以某月某日当死。"周南急往，不应，鼠还穴。后至期复出，更冠帻皂衣而语曰："周南，尔日中当死。"亦不应。鼠复入穴。须臾复出，出复入，转行数语如前。日适中，鼠复曰："周南，尔不应（死），我复何道?"言讫，颠蹶而死，即失衣冠所在。就视之，与常鼠无异。

二十六

安阳城南有一亭，夜不可宿，宿辄杀人。书生明术数，乃过宿之。亭民曰："此不可宿，前后宿此，未有活者。"书生曰："无苦也，吾自能谐。"遂住廨舍，乃端坐诵书，良久乃休。

夜半后，有一人着皂单衣，来往户外，呼亭主，亭主应诺。"见亭中有人耶?"答曰："向者有一书生在此读书。适休，似未寝。"乃喑嗟而去。须臾，复有一人冠赤帻者，呼亭主，问答如前，复喑嗟而去。既去寂然。书生知无来者，即起诣向者呼处，效呼亭主。亭主亦应诺。复云："亭中有人耶?"亭主答如前。乃问曰："向黑衣来者谁?"曰："北舍母猪也。"又曰："冠赤帻来者谁?"曰："西舍老雄鸡父也。"曰："汝复谁耶?"曰："我是老蝎也。"于是书生密便诵书至明，不敢寐。

天明，亭民来视，惊曰："君何得独活?"书生曰："促索剑来，吾与卿取魅。"乃握剑至昨夜应处，果得老蝎，大如琵琶，毒长数尺。西舍得老雄鸡父，北舍得老母猪。凡杀三物，亭毒遂静，永无灾横。

二十七

吴时，庐陵郡都亭重屋中常有鬼魅，宿者辄死，自后使官莫敢入亭止宿。时丹阳人汤应者，大有胆武，使至庐陵，便止亭宿。吏启不可，应不听。迸从者还外，唯持一大刀，独处亭中。

至三更竟，忽闻有叩阁者。应遥问："是谁?"答云："部郡相闻。"应使进，致词而去。顷间，复有叩阁者如前，曰："府君相闻。"应复使进，身着皂衣。去后，应谓是人，了无疑也。旋又有叩阁者，云："部郡、府君相诣。"应乃疑曰："此夜非时，又部郡、府君不应同行。"知是鬼魅，因持刀迎之。见二人，皆盛衣服，俱进。坐毕，府君者便与应谈。谈未竟，而部郡忽起至应背后。应乃回顾，以刀逆击，中之。府君下坐走出，应急追，至亭后墙下，及之。斫伤数下，应乃还卧。

达曙，将人往寻，见有血迹，皆得之。云称府君者，是一老狶也；部郡者，是一老狸也。自是遂绝。

卷十九

一

东越闽中有庸岭，高数十里。其西北隙中有大蛇，长七八丈，大十馀围，土俗常惧，东（治）〔冶〕都尉及属城长吏多有死者。祭以牛羊，故不得祸。或与人梦，或下谕巫祝，欲得啖童女十二三者，都尉令长并共患之。然气厉不息。共请求人家生婢子，兼有罪家女养之。至八月朝祭，送蛇穴口，蛇出吞啮之。累年如此，已用九女。

尔时预复募索，未得其女。将乐县李诞家，有六女，无男，其小女名寄，应募欲行，父母不听。寄曰："父母无相，惟生六女，无有一男，虽有如无。女无缇萦济父母之功，既不能供养，徒费衣食，生无所益，不如早死。卖寄之身，可得少钱，以供父母，岂不善耶?"父母慈怜，终不听去。寄自潜行，不可禁止。

寄乃告请好剑及咋蛇犬。至八月朝，便诣庙中坐，怀剑将犬。先将数石米餈，用蜜麨灌之，以置穴口。蛇便出，头大如囷，目如二尺镜。闻餈香气，先啖食之。寄便放犬，犬就啮咋，寄从后斫得数创。疮痛急，蛇因踊出，至庭而死。寄入视穴，得其九女髑髅，悉举出，咤言曰："汝曹怯弱，为蛇所食，甚可哀愍。"于是寄女缓步而归。

越王闻之，聘寄女为后，拜其父为将乐令，母及姊皆有赏赐。

自是东（治）〔冶〕无复妖邪之物，其歌谣至今存焉。

二

晋武帝咸宁中，魏舒为司徒。府中有二大蛇，长十许丈，居厅事平橑上。止之数年，而人不知，但怪府中数失小儿及鸡犬之属。后有一蛇夜出，经柱侧，伤于刃，病不能登，于是觉之。发徒数百，攻击移时，然后杀之。视所居，骨骼盈宇之间。于是毁府舍，更立之。

三

汉武帝时，张宽为扬州刺史。先是有二老翁争山地，诣州讼疆界，连年不决。宽视事，复来。宽窥二翁形状非人，令卒持杖戟将入，问："汝等何精？"翁走，宽呵格之，化为二蛇。

四

荥阳人张福，船行还野水边。夜有一女子，容色甚美，自乘小船来投福，云："日暮畏虎，不敢夜行。"福曰："汝何姓，作此轻行？无笠雨驶，可入船就避雨。"因共相调，遂入就福船寝，以所乘小舟系福船边。三更许，雨晴月照，福视妇人，乃是一大鼍，枕臂而卧。福惊起，欲执之，遽走入水。向小舟，是一枯槎段，长丈馀。

五

丹阳道士谢非，往石城买冶釜。还，日暮，不及至家。山中庙舍于溪水上，入中宿。大声语曰：“吾是天帝使者，停此宿。”犹畏人劫夺其釜，意苦搔搔不安。

二更中，有来至庙门者呼曰：“何铜！”铜应喏。曰：“庙中有人气，是谁？”铜云：“有人，言是天帝使者。”少顷便还。须臾，又有来者呼铜，问之如前，铜答如故，复叹息而去。非惊扰不得眠，遂起，呼铜问之：“先来者谁？”答言：“是水边穴中白鼍。”“汝是何等物？”答言：“是庙北岩嵌中龟也。”非皆阴识之。

天明，便告居人，言：“此庙中无神。但是龟、鼍之辈，徒费酒食祀之，急具锸来，共往伐之。”诸人亦颇疑之。于是并会伐掘，皆杀之。遂坏庙绝祀，自后安静。

六

孔子厄于陈，弦歌于馆中。夜有一人，长九尺馀，着皂衣高冠，大咤，声动左右。子贡进，问：“何人耶？”便提子贡而挟之。子路引出，与战于庭。有顷，未胜。孔子察之，见其甲车间时时开如掌。孔子曰：“何不探其甲车，引而奋登？”子路引之，没手仆于地，乃是大鳀鱼也，长九尺馀。孔子曰：“此物也，何为来哉？吾闻物老则群精依之，因衰而至。此其来也，岂以吾遇厄绝粮，从者病乎？夫六畜之物，及龟、蛇、鱼、鳖、草、木之属，久者神皆凭依，能为妖怪，故谓之‘五酉’。五酉者，五行之方，皆有其物。酉者，老也，物老则为怪，杀之则已，夫何患焉？或者天之未丧斯文，以是系予之命乎？不然，何为至于斯也？”弦歌不辍。子路烹之，其味滋，病者兴，明日遂行。

七

豫章有一家，婢在灶下，忽有人长数寸，来灶间壁，婢误以履践之，杀一人。须臾，遂有数百人着衰麻服，持棺迎丧，凶仪皆备。出东门，入园中覆船下。就视之，皆是鼠妇。婢作汤灌杀，遂绝。

八

狄希，中山人也。能造千日酒，饮之千日醉。时有州人姓刘，名玄石，好饮酒，往求之。希曰：“我酒发来未定，不敢饮君。”石曰：“纵未熟，且与一杯，得否？”希闻此语，不免饮之。复索曰：“美哉！可更与之。”希曰：“且归，别日当来，只此一杯，可眠千日也。”石别，似有怍色。至家，醉死。家人不之疑，哭而葬之。

经三年，希曰：“玄石必应酒醒，宜往问之。”既往石家，语曰：“石在家否？”家人皆怪之，曰：“玄石亡来，服以阕矣。”希惊曰：“酒之美矣，而致醉眠千日，今合醒矣。”乃命其家人凿冢破棺看之，冢上汗气彻天，遂命发冢。方见开目张口，引声而言曰：“快哉！醉我也。”因问希曰：“尔作何物也，令我一杯大醉，今日方醒？日高几许？”墓上人皆笑之，被石酒气冲入鼻中，亦各醉卧三月。

九

陈仲举微时，常宿黄申家。申妇方产，有扣申门者，家人咸不知。久之，方闻屋里有人言："宾堂下有人，不可进。"扣门者相告曰："今当从后门往。"其人便往。有顷还，留者问之："是何等？名为何？当与几岁？"往者曰："男也，名为'奴'。当与十五岁。""后应以何死？"答曰："应以兵死。"

仲举告其家曰："吾能相，此儿当以兵死。"父母惊之，寸刃不使得执也。至年十五，有置凿于梁上者，其（未）〔末〕出，奴以为木也，自下钩之，凿从梁落，陷脑而死。

后仲举为豫章太守，故遣吏往饷之申家，并问奴所在。其家以此具告。仲举闻之，叹曰："此谓命也！"

卷二十

一

晋魏郡亢阳，农夫祷于龙洞，得雨，将祭谢之。孙登见曰："此病龙雨，安能苏禾稼乎？如弗信，请嗅之。"水果腥秽。龙时背生大疽，闻登言，变为一翁，求治，曰："疾痊，当有报。"不数日，果大雨。见大石中裂开一井，其水湛然，龙盖穿此井以报也。

二

苏易者，庐陵妇人，善看产，夜忽为虎所取。行六七里，至大圹，厝易置地，蹲而守。见有牝虎当产，不得解，匍匐欲死，辄仰视。易怪之，乃为探出之，有三子。生毕，牝虎负易还，再三送野肉于门内。

三

哙参养母至孝。曾有玄鹤为弋人所射，穷而归参。参收养，疗治其疮，愈而放之。后鹤夜到门外，参执烛视之，见鹤雌雄双至，各衔明珠，以报参焉。

四

汉时弘农杨宝，年九岁时至华阴山北，见一黄雀为鸱枭所搏，坠于树下，为蝼蚁所困。宝见愍之，取归置巾箱中，食以黄花。百馀日，毛羽成，朝去暮还。一夕三更，宝读书未卧，有黄衣童子向宝再拜曰："我，西王母使者。使蓬莱，不慎为鸱枭所搏。君仁爱见拯，实感盛德。"乃以白环四枚与宝，曰："令君子孙洁白，位登三事，当如此环。"

五

隋县溠水侧，有断蛇丘。隋侯出行，见大蛇被伤中断，疑其灵异，使人以药封之，蛇乃能走，因号其处"断蛇丘"。岁馀，蛇衔明珠以报之。珠盈径寸，纯白，而夜有光明，如月之照，可以烛室，故谓之"隋侯珠"，亦曰"灵蛇珠"，又曰"明月珠"。丘南有隋季良大夫池。

六

孔愉，字敬康，会稽山阴人。元帝时，以讨华轶功封侯。愉少时，尝经行馀不亭，见笼龟于路者，愉买之，放于馀不溪中。龟中流，左顾者数过。及后以功封馀不亭侯，铸印而龟钮左顾，三铸如初。印工以闻，愉乃悟其为龟之报，遂取佩焉。累迁尚书左仆射，赠车骑将军。

七

古巢，一日江水暴涨，寻复故道。港有巨鱼，重万斤，三日乃死。合郡皆食之，一老姥独不食。忽有老叟曰："此吾子也，不幸罹此祸。汝独不食，吾厚报汝。若东门石龟目赤，城当陷。"姥日往视。有稚子讶之，姥以实告。稚子欺之，以朱傅龟目。姥见，急出城。有青衣童子曰："吾，龙之子。"乃引姥登山，而城陷为湖。

八

吴富阳县董昭之，尝乘船过钱塘江，中央见有一蚁，着一短芦，走一头回，复向一头，甚惶遽。昭之曰："此畏死也。"欲取着船。船中人骂："此是毒螫物，不可长。我当蹹杀之!"昭意甚怜此蚁，因以绳系芦着船。船至岸，蚁得出。其夜，梦一人乌衣，从百许人来谢云："仆是蚁中之王，不慎堕江，惭君济活，若有急难，当见告语。"

历十馀年，时所在劫盗，昭之被横录为劫主，系狱馀杭。昭之忽思蚁王梦，缓急当告。"今何处告之?"结念之际，同被禁者问之，昭之具以实告。其人曰："但取两三蚁着掌中语之。"昭之如其言，夜果梦乌衣人云："可急投馀杭山中。天下既乱，赦令不久也。"于是便觉。蚁啮械已尽，因得出狱，过江投馀杭山。旋遇赦，得免。

九

孙权时，李信纯，襄阳纪南人也。家养一狗，字曰“黑龙”，爱之尤甚，行坐相随，饮馔之间，皆分与食。

忽一日，于城外饮酒大醉，归家不及，卧于草中。遇太守郑瑕出猎，见田草深，遣人纵火爇之。信纯卧处，恰当顺风。犬见火来，乃以口拽纯衣，纯亦不动。卧处比有一溪，相去三五十步，犬即奔往，入水湿身，走来卧处，周回以身洒之，获免主人大难。犬运水困乏，致毙于侧。

俄尔信纯醒来，见犬已死，遍身毛湿，甚讶其事。睹火踪迹，因尔恸哭，闻于太守，太守悯之曰：“犬之报恩甚于人！人不知恩，岂如犬乎？”即命具棺椁衣衾葬之。

今纪南有义犬（葬）〔冢〕，高十馀丈。

十

太兴中，吴民华隆养一快犬，号“的尾”，常将自随。隆后至江边伐荻，为大蛇盘绕，犬奋咋蛇，蛇死。隆僵仆无知，犬彷徨涕泣，走还舟，复反草中。徒伴怪之，随往，见隆闷绝，将归家。犬为不食。比隆复苏，始食。隆愈爱惜，同于亲戚。

十一

庐陵太守太原庞企，字子及，自言其远祖不知几何世也，坐事系狱，而非其罪，不堪拷掠，自诬服之。及狱将上，有蝼蛄虫行其左右，乃谓之曰："使尔有神，能活我死，不亦善乎？"因投饭与之，蝼蛄食饭尽去。顷复来，形体稍大。意每异之，乃复与食。如此去来，至数十日间，其大如豚。及竟报，当行刑。蝼蛄夜掘壁根为大孔，乃破械，从之出去。久时遇赦得活。于是庞氏世世常以四节祠祀之于都衢处。后世稍怠，不能复特为馔，乃投祭祀之馀以祀之，至今犹然。

十二

临川东兴有人入山，得猿子，便将归，猿母自后逐至家。此人缚猿子于庭中树上，以示之。其母便搏颊向人，欲乞哀状，直谓口不能言耳。此人既不能放，竟击杀之。猿母悲唤，自掷而死。此人破肠视之，寸寸断裂。未半年，其家疫死，灭门。

十三

冯乘虞荡夜猎，见一大麈，射之。麈便云："虞荡，汝射杀我耶！"明晨，得一麈而入，即时荡死。

十四

吴郡海盐县北乡亭里，有士人陈甲，本下邳人。晋元帝时，寓居华亭。猎于东野大薮，欻见大蛇，长六七丈，形如百斛船，玄黄五色，卧冈下。陈即射杀之，不敢说。三年，与乡人共猎，至故见蛇处，语同行曰："昔在此杀大蛇。"其夜，梦见一人，乌衣黑帻，来至其家，问曰："我昔昏醉，汝无状杀我。我昔醉，不识汝面，故三年不相知。今日来就死。"其人即惊觉。明日，腹痛而卒。

十五

邛都县下有一老姥，家贫孤独，每食，辄有小蛇，头上戴角在床间，姥怜而饴之食。后稍长大，遂长丈馀。令有骏马，蛇遂吸杀之。令因大忿恨，责姥出蛇。姥云："在床下。"令即掘地，愈深愈大，而无所见。令又迁怒，杀姥。蛇乃感人以灵，言："瞋令，何杀我母？当为母报仇！"此后每夜辄闻若雷若风，四十许日。百姓相见，咸惊语："汝头那忽戴鱼？"

是夜，方四十里与城一时俱陷为湖，土人谓之为"陷湖"。唯姥宅无恙，讫今犹存。渔人采捕，必依止宿。每有风浪，辄居宅侧，恬静无他。风静水清，犹见城郭楼橹叕然。今水浅时，彼土人没水，取得旧木，坚贞光黑如漆。今好事人以为枕相赠。

十六

建业有妇人背生一瘤，大如数斗囊，中有物如茧栗，甚众，行即有声。恒乞于市，自言村妇也，常与姊姒辈分养蚕，（已）〔己〕独频年损耗，因窃其姒一囊茧焚之。顷之，背患此疮，渐成此瘤，以衣覆之，即气闭闷，常露之乃可，而重如负囊。